KB078563

FUSION FANTASTIC STORY
A Bittersweet Life
미더라 장편 소설

즐거운 인생 13

미더라 장편 소설

초판 1쇄 찍은 날 § 2015년 7월 3일
초판 1쇄 펴낸 날 § 2015년 7월 10일

지은이 § 미더라
펴낸이 § 서경석

편집책임 § 이창진

펴낸곳 § 도서출판 청어람
등록번호 § 제387-1999-000006호
등록일자 § 1999. 5. 31
어람번호 § 제1-2165호

주소 § 경기도 부천시 원미구 부일로 483번길 40 서경B/D 3F (우) 420-822
전화 § 032-656-4452 팩스 § 032-656-4453
http://www.chungeoram.com
E-mail § chungeorambook@daum.net

ⓒ 미더라, 2014

ISBN 979-11-04-90299-4 04810
ISBN 979-11-316-9220-2 (세트)

즐거운 인생

13 [완결]

FUSION FANTASTIC STORY

A Bittersweet Life

미더라 장편 소설

도서출판 청어람

CONTENTS

CHAPTER **78**
최고조

"컷. 오케이."

주혁의 목소리가 들리자 촬영장 안은 조용해졌다. 그리고 잠시 후 엄청난 환호성이 터졌다.

드디어 촬영이 마무리된 것이다.

"수고했어요."

"감독님도 수고 많으셨어요."

감개가 무량하다는 말이 실감이 났다. 굉장히 뿌듯한 느낌도 들고 한순간 힘이 쭉 빠진 느낌이 들기도 했다.

하지만 촬영이 완전하게 끝난 건 아니었다. 보충 촬영을 하기로 되어 있었으니까.

하지만 보충 촬영은 사흘에 불과했다. 분량 자체도 많지 않았고, 중요한 장면도 아니었다. 기술적으로 문제가 생겨서 다시 찍게 된 거였다.

숙소로 돌아오니 많은 방이 비어 있었다. 보충 촬영에 필요한 인력을 제외하고는 모두 짐을 쌌으니까.

파티는 일주일 후에 하기로 했다. 보충 촬영이 끝난 후에.

"인수는 내일 오기로 했고……."

우연이라고 해야 할지 운명이라고 해야 할지는 모르겠지만, 주혁이 인수가 나왔어도 좋았겠다고 생각한 장면에 문제가 있었다. 그래서 보충 촬영이 결정되었고, 인수를 불렀다.

그 소식을 듣고는 인수가 얼마나 좋아하던지.

대사도 없고 얼굴도 그냥 스치듯 나오는 장면이 될 것이다. 많은 아이들 중 한 명이라 눈에 띄지도 않을 것이고.

하지만 인수에게는 엄청난 의미가 있는 장면이 될 수도 있다. 자신도 그러지 않았던가.

"하기야 나도 처음 나온 게 얼굴도 잘 보이지 않는 그런 역이었으니까."

내일은 쉬고 그다음 날부터 촬영이 시작된다.

주혁은 신작 제작을 위해 크리스토퍼와 만남이 있고, 그다음에는 보스를 보러 다녀올 생각이었다.

"헤이, 여기서 이러고 있으면 어떻게 해? 빨리 오라고."

제프리가 문을 열고 고개를 내밀더니 주혁에게 재촉을 했다. 회의가 있기 때문이었다.

촬영이 끝났다고 감독의 일이 끝난 건 아니었다. 지금부터 해야 할 일도 엄청나게 쌓여 있었다.

주혁은 한숨을 내쉬면서 회의 장소를 향해 걸음을 옮겼다.

하지만 설레는 감정도 느꼈다. 자신의 작품이 이제 본격적으로 세상을 향해 나아가는 거였으니까. 처음으로 발걸음을 떼는 아이를 보는 것이 이런 느낌일까 싶었다.

넘어질까 불안하면서도 마냥 기쁘고 가슴이 벅찬 그런 마음. 주혁은 자신이 느끼고 있는 감정이 그것과 비슷하다고 생각했다.

"빨리 오라니까."

"알았어요. 지금 가요."

주혁은 걷는 속도를 높였다.

하지만 설레는 마음과는 다르게 회의는 지루했다. 하기야 회의가 재미있었다면 회사 생활과 사회가 많이 바뀌었을 것이다.

주혁은 녹초가 되어서야 회의실에서 나올 수가 있었다. 하지만 일이 끝난 게 아니었다. 그의 전화기에는 부재중 전화가 여러 통 와 있었다.

"얘는 또 왜 전화를 하고 그런 거야?"

승효가 한 전화였다. 주혁은 통화 버튼을 눌렀다.

"왜? 무슨 일 있어?"

―아, 뭐하는데 그렇게 전화를 안 받아요? 지금 작업실로 좀 와요.

"왜?"

―감독이 들어봐야 할 거 아녜요.

"작업 다 하고 한꺼번에 들으면 되잖아. 꼭 하나 만들어질 때마다 가서 들어야 되냐?"

승효에게 영화음악 전체를 맡기자고 했을 때, 처음에는 사람들이 강하게 반대했다. 이름도 없는 사람에게 이렇게 큰 프로젝트의 음악을 통으로 맡길 수는 없다면서. 하기야 자신도 다른 사람이 그런 식으로 이야기를 하면 당연히 반대를 했을 것이다.

그래서 작업을 한 곡을 들려주었다. 그랬더니 사람들의 표정이 조금 바뀌었다. 서로의 얼굴을 보면서 살짝 고개를 끄덕이기도 했다. 하지만 그래도 불안하다고 이야기하면서 원래대로 한스 짐머 사단에 맡기자는 사람이 많았다.

그들의 의견이 바뀐 건 영상과 같이 음악을 듣고 나서였다. 그냥 음악을 들었을 때와는 느낌이 또 달랐다. 승효가 괴팍하고 가볍게 보이는 건 있지만, 분명히 천재성이 있었다. 영상을 타고 흐르는 녀석의 음악은 사람들의 마음을 완전히 사로 잡았다.

그래서 승효는 미국으로 날아오게 되었다.

그런데 작업을 맡게 된 승효는 주혁을 무척이나 귀찮게 했다. 곡을 하나 만들면 와서 확인을 해보라고 했다. 컨셉에 잘 맞는지, 어떤 느낌이 드는지.

—당연하죠. 그리고 좀 봐줘요. 이런 거 처음 맡아서 하는 거잖아요.

단어만 보면 부탁을 하는 거였는데, 말투는 전혀 그렇지 않았다. 하여튼 뻔뻔한 건 알아줘야 했다.

주혁은 지친 몸을 이끌고 승효가 기다리고 있는 작업실로 향했다.

*   *   *

띠띠띠.

보스는 자발적으로는 호흡을 하지 못하는 상태였다. 호흡기만 제거하면 바로 사망하게 되는 거였다. 이렇게 보니 안됐다는 생각도 들었다.

"상태는 어떻습니까."

선글라스에 마스크를 하고 있어서 의사나 다른 사람들은

주혁을 알아보지 못했다.

"솔직히 말해서 가능성이 없습니다."

의사는 언제 숨이 멈춰도 이상하지 않은 상태라고 했다. 약과 기계로 연명을 하고 있을 뿐이지 자연 상태였다면 벌써 죽었을 거라면서.

주혁은 호흡기를 뗄까도 생각했지만, 아무리 적이라고 해도 그런 건 께름칙했다.

거기다가 법적으로도 문제가 되었다. 주혁은 보스와는 아무런 사이도 아니어서 그런 걸 결정할 수가 없었다.

어차피 시간이 지나면 해결이 될 것인데, 굳이 문제가 될 만한 행동을 하고 싶지는 않았다.

주혁은 병원 밖으로 발걸음을 옮겼다.

"감시는 확실하게 하고 있겠지?"

"물론입니다. 24시간 신경을 쓰고 있으니 걱정하지 않으셔도 됩니다."

"그사이에 혹시 찾아온 사람이나 수상한 움직임 같은 건 없었나?"

"보고드린 바와 같이 특별한 일은 없었습니다. 조금이라도 미심쩍은 일이 생기면 바로 보고하겠습니다."

주혁은 혹시나 싶어서 물어보았지만, 특별한 일은 없었다. 하지만 이곳에 오니 자꾸만 무언가 이상하다는 느낌이 들었다. 그것이 왜 그런지는 모를 일이다. 하지만 그런 느낌이 들었다.

'중환자실이라서 그런가? 아니면 보스가 곧 죽는다고 생각을 하니 그런 건가?'

별생각이 다 들었지만, 여전히 이유는 알 수 없었다. 주혁은 밖으로 나오다가 다시 보스를 보기 위해서 안으로 들어갔다.

띠띠띠.

여전히 침대에 죽은 듯이 누워 있었다. 몰골이 말이 아니었다. 한때는 엄청난 권력을 가지고 있었던 사람이 저렇게 초라해질 수도 있구나 싶었다.

'인생무상이구나.'

주혁은 보스가 과연 행복한 삶을 살아왔을까 생각했다.

아마도 아닐 것이다. 항상 무언가를 갈구하고 집착하면서 살아왔으니까. 게다가 항상 불안하고 초조했던 것 같았다. 햄튼의 저택에 그런 비밀 통로를 만들어놓은 것만 보아도 알 수 있는 것이다.

'상자를 모두 보스가 모았으면 어땠을까?'

확실하지는 않지만, 주혁은 그래도 행복하지는 않았을 것이라고 생각했다. 아마도 더 많은 것, 더 높은 곳을 원했을 것이다.

보스는 영원히 행복할 수 없는 그런 삶을 살고 있는 건지도 몰랐다.

주혁은 자신의 삶도 그런 것이 아닌가 싶어서 돌아보았다. 하지만 보스와는 다른 듯했다.

자신이 원한 건 권력이나 돈이 아니었다. 배우로서의 삶이었고, 만족스러운 삶을 지금까지는 살아왔다. 하지만 정말로 행복했던 건 처음 시작할 때였던 것 같았다.

지금처럼 인기가 많지도 않았고, 대사가 없어도 좋았다. 그저 단역으로 출연할 때가 더 행복하다는 느낌이 들었다. 그 설레는 감정이 지금은 느껴지지 않았으니까. 처음 자신의 이름이 적힌 엔딩 크레디트가 올라가는 걸 봤을 때의 감동도 지금은 없었다.

가진 것은 지금이 훨씬 많았지만, 마음은 그때가 훨씬 좋았던 것 같았다.

그렇다고 지금이 불행하다는 건 아니었다. 즐겁고 만족스러운 생활을 하고 있었다. 하지만 무언가 비어 있는 게 있다는 걸 늘 느끼고 있었다.

"하기야 그런 건 처음부터도 그랬지."

옆에 누군가가 없어서 그럴 것이다. 가족이 사고로 유명을 달리한 이후로는 누군가를 옆에 들이는 것을 본능적으로 막았던 것 같았다.

사실 연애를 하려고 했으면 얼마든지 할 수 있었다. 아마도 연애를 했다면 오래지 않아 결혼까지 했을 것이다. 하지만 누군가를 다시 잃는다는 걸 걱정했던 것 같았다.

그래서 특별한 감정으로 발전하지 못하고 그냥 친한 사이에서 계속 머무는 듯했다. 하지만 언제까지 그럴 수는 없는 일 아닌가. 이제는 정말 나이도 있고 하니 슬슬 결혼도 생각해야 했다.

"정말 이번에 한국에 가면 사람을 만나볼까?"

외가에서 소개를 시켜준다는 사람을 만나보는 것도 나쁘지 않다고 생각했다. 확신할 수는 없지만, 이제는 좋은 사람을 만나면 빨리 결혼을 할 것 같았다.

*   *   *

"선생님, 인수는 정말 괜찮은 거죠?"

"그럼요. 제가 조금이라도 이상이 있을 것 같으면 허락을 했겠습니까? 그리고 제가 옆에서 지켜보고 있을 테니까 인수 건강은 걱정하지 않으셔도 됩니다."

의사 선생님도 미국까지 동행했다. 언제 할리우드 영화 촬영장에 와보겠느냐고 하면서 휴가를 냈다는 거였다.

인수는 초롱초롱한 눈으로 사방을 둘러보고 있었다. 저번에 드라마 촬영장에는 한 번 온 적이 있었지만, 지금 촬영장은 분위기가 완전히 달랐다. 사람도 훨씬 많았고, 대부분이 외국인이었으니까.

"인수야, 어떻게 해야 하는지 다 들었지?"

"예, 들었어요."

인수는 지금 장면이 어떤 상황인지, 그리고 자신이 어떤 걸 보여주어야 하는지 똑 부러진 목소리로 대답했다.

"잘 알고 있네. 생각한 대로만 하면 돼. 긴장하지 말고, 카메라 의식하지 말고. 알았지?"

"예."

주혁은 자리로 돌아와서는 준비를 했다.

괜찮다고 이야기는 했지만, 인수는 긴장을 하고 있었다. 처음으로 영화에 출연하는 데다가 주변에는 전부 외국인이라서 그런 거였다.

"레디."

"액션."

배우들이 동선을 따라서 움직이며 대사를 시작했다.

인수는 약간 어리둥절한 표정으로 배우들을 보고 있었다. 그리고 배우들과 같이 움직이는 스태프를 볼 때도 있었다.

"컷."

주혁은 촬영을 멈추고 인수를 불러서 영상을 보여주었다.

인수는 영상을 보더니 얼굴을 붉혔다. 영상에 나온 자신의 모습은 병원에 환자로 있는 아이가 아니라 촬영장에 구경 나온 아이처럼 보였기 때문이었다.

주혁의 인수의 표정을 보고는 미소 지었다. 처음부터 잘하는 사람이 어디 있겠는가. 지금은 자신이 화면에서 어떻게 보이는지만 알아도 충분하다고 생각했다.

"뭐가 잘못되었는지 알았어?"

"예."

인수는 시무룩한 표정으로 이야기했다. 보통 무언가를 처음 할 때 사람들이 흔히 하는 생각이 있다. 굉장히 잘할 거라는 생각을 한다는 거였다.

하지만 현실은 그렇지 않다.

"인수야, 너 지금 첫 촬영이지?"

"예."

주혁은 인수에게 차분하게 설명을 해주었다. 인수는 처음에는 실망감이 가득한 표정이었지만, 주혁의 이야기를 들으면서 서서히 표정이 바뀌었다. 눈빛이 점점 살아나면서 열정이 살아나는 게 보였다.

"이제 좀 알겠어?"

"조금은요."

인수는 웃으면서 자기 자리로 돌아갔다. 그리고 그가 주혁에게서 어떤 걸 배웠는지를 바로 보여주었다. 환자들 사이에 자연스럽게 섞여서 자신이 맡은 역할을 성공적으로 소화했다. 주혁은 그런 인수를 흐뭇한 표정으로 바라보았다.

"컷. 오케이."

인수는 오케이 소리를 듣고는 슬며시 미소 지었다. 소리를 내거나 하지는 않았지만, 무언가 굉장한 걸 한 것 같은 느낌이 가슴 저 밑에서부터 뭉클뭉클 올라오고 있다는 게 보였다. 주혁은 그런 인수를 보면서 느낌을 받았다. 인수가 배우의 첫걸음을 뗐다는 느낌을.

누군가를 이끌어준다는 것. 그건 아주 묘한 느낌이었다.

전에도 도움을 준 경우가 있었다. 하지만 그건 연기를 하고 있는데 무언가 부족한 점이 있는 사람들에게 조언을 해준 정도였다. 하지만 인수의 경우는 길을 알려준 것 같아서 느낌이 달랐다.

주혁은 나중에 인수가 어떤 배우가 될지 궁금했다.

그리고 같이 연기를 하는 날이 왔으면 좋겠다는 생각을 했다.

*   *   *

"누가 이런 식으로 편집을 한 겁니까?"

주혁은 평소에는 보기 어려운 사나운 표정으로 언성을 높였다. 할리우드의 거물 제작자인 데이비드는 이런 주혁의 모습을 처음 보는지라 살짝 당황했다.

"이 장면은 작품의 전체 주제를 관통하고 있는 거라서 반드시 들어가야 한다고 했을 텐데요?"

"상영 시간이 너무 길다고. 그리고 그 장면이 들어가면 영화가 너무 늘어진다는 게 사람들의 판단이야."

데이비드는 배급사 임원들과 이야기를 나눈 결과 그렇게 하는 편이 좋겠다고 결정했다.

주혁은 어이가 없었다. 결정을 한 사람들이 제정신인가가 의심스러웠다.

"도대체 영화를 제대로 볼 줄 아는 사람이 결정을 한 겁니까?"

"이봐, 미스터 강. 말이 심하지 않은가?"

데이비드도 같이 언성을 높였다. 잘나가는 배우이고 유명 인사인 건 알고 있었지만, 그렇다고 할리우드의 거물 제작자인 자신에게 이런 식으로 할 수는 없는 거였다.

"내가 편집을 다시 해야겠어요."

"그건 있을 수 없는 일이야. 허락하지 않겠네."

"뭐라고요? 지금 영화를 이런 식으로 망쳐 놓고서 그런 말이 나옵니까?"

주혁은 얼굴을 붉히면서 눈을 부릅뜨고 데이비드에게 다가갔다. 정말 화가 단단히 나서 몸에서 살기가 풀풀 풍겼다.

데이비드는 섬뜩한 느낌을 받고서 몇 걸음 뒤로 물러섰다. 하지만 절대 불가라는 입장은 변함이 없었다.

"절대로 지금 결정이 바뀔 일은 없을 걸세. 그러니 포기하는 편이 좋을 거야."

주혁은 이런 식으로 말로 해서 해결이 될 문제가 아니라는 걸 알았다. 그래서 데이비드를 노려보다가 사무실을 나왔다.

그리고 투자회사의 임원에게 전화를 걸었다.

"납니다. 이번 영화 계약에 관해서 다시 생각을 해야겠으니 준비를 좀 해주세요."

─다시 생각하신다는 건…….

"편집이 엉망이에요. 편집권을 가져오든가 아니면 계약을 파기해야겠어요."

─알겠습니다. 지금 바로 대책반을 꾸리겠습니다.

주혁은 지금 그쪽으로 가고 있으니 자세한 이야기는 가서 이야기를 하자고 전했다. 그리고 핸드폰을 집어넣고는 무시무시한 얼굴을 한 채 빠른 걸음으로 건물을 빠져나갔다.

영화의 편집은 세 단계로 나뉜다고 보면 된다. 필요 없는 필름을 잘라 버리고 영화에 쓸 만한 장면만 추리는 작업을 러프 컷이라고 한다. 그리고 편집자가 작업을 하는 에디터스 컷 단계가 있고, 마지막으로 파이널 컷 단계가 있다.

사실 영화의 완성은 파이널 컷 단계에서 결정된다고 보아도 무방했다. 한국에서는 감독이 편집권을 가지고 최종 편집까지 관여하는 경우가 많은 편이지만, 할리우드에서는 제작사의 입김이 무척이나 강했다.

주혁은 투자회사로 향하면서 다시 한 번 생각을 정리했다. 혹시나 자기 작품이라서 자기가 잘못 생각하고 있는 게 아닌가 싶어서였다.

하지만 아무리 생각해도 이번에 편집된 건 형편없었다.

"계약은 파기할 수 있습니까?"

주혁이 도착하니 사람들이 모여 있었다. 주혁의 전화를 받은 임원이 변호사를 비롯한 전문가들을 급히 불러 모은 거였다.

"귀책사유가 어느 쪽에 있는가에 따라서 다르겠지만, 가능합니다."

변호사로 보이는 남자가 안경을 살짝 만지면서 대답했다. 그리고 뒤이어서 다른 남자가 서류를 뒤적이면서 말을 덧붙였다.

"계약도 문제긴 하지만, 배급 쪽이 문제가 될 것 같습니다. 데이비드야 거물 제작자라고는 해도 저희가 투자자 입장에서 압박을 할 수 있는데, 배급사와 견해 차이가 나면 아주 복잡

합니다."

그러면서 이전에 있었던 사례나 여러 가지 케이스를 이야기해 주었다. 그리고 데이비드와 배급사가 상당히 강경한 편이라는 언급도 곁들였다.

"가장 중요한 건 작품입니다. 저들이 작품을 망치고 있어요. 그러니 편집권을 가져와야 합니다. 그게 불가능하면 서로 갈라서는 수밖에는 없겠군요."

주혁은 단호하게 이야기했다.

사람들은 주혁의 표정을 보고는 어떤 식으로 일을 해야 할지 파악했다.

"편집권을 확보하도록 하겠습니다. 그리고 배급사를 바꾸는 것도 염두에 두겠습니다."

주혁은 절대로 상대에게 끌려다니지 말라고 이야기했다.

누군가가 메이저 배급사와 척을 지면 좋을 게 없다는 말을 했지만, 주혁은 상관없다고 말했다.

"어차피 결과가 모든 걸 말해줄 겁니다. 작품이 흥행에 성공하면 모든 게 해결되겠죠."

그렇게 된다면 오히려 반대를 한 사람이 문책을 받을 것이다. 그리고 주혁은 지금 자신이 생각하고 있는 방향이 옳다고 확신했다.

'분명히 사람들이 내가 생각하고 있는 방향을 좋아할 거

야. 빠르고 감각적인 것도 좋지만, 마음에 와 닿는 게 있어야 해. 사람의 감정이 더 중요해.'

제작자들은 상영 시간이 긴 영화를 별로 좋아하지 않는다. 하루에 상영할 수 있는 횟수가 줄어들기 때문이다. 그래서 이번 영화도 제작자가 자꾸만 장면을 잘라내려고 했다.

하지만 그런 것보다는 작품의 완성도와 그걸 보는 관객의 감정이 더 중요하다고 주혁은 생각했다.

"그럼 바로 이야기를 진행하세요."

주혁의 말에 사람들이 일어서서는 우르르 밖으로 나갔다. 각자 자기 일을 수행하기 위해서. 그리고 예상한 대로 제작자인 데이비드와 배급사 측에서는 무척 완강하게 나왔다.

"아무래도 편집권을 내놓지 않을 생각인 것 같습니다."

"어쩔 수 없네요. 그럼 다른 쪽으로 갈아타죠."

주혁은 지금 제작자와 배급사와의 계약을 파기하고 다른 업체를 알아보라고 이야기했다.

투자회사의 영향력도 만만치 않으니 그리 어렵지 않으리라 생각했다.

그런데 생각했던 것같이 일이 진행되진 않았다.

다른 메이저 배급사에서도 편집권까지 주기는 어렵다고 난색을 보인 것이다. 메이저 배급사는 전부 알아보았지만, 모두 비슷한 이야기를 했다.

"편집권 때문에 그런 겁니까? 아니면 다른 이유가 있는 겁니까?"

"힘겨루기 같은 것도 있는 것 같습니다. 이 투자회사를 견제하려는 것도 조금 있는 것 같고요."

할리우드 기존 세력들이 투자회사의 영향력이 더 커지는 것을 반기지 않는 움직임일 수 있다는 거였다. 그리고 주혁을 길들이기 하겠다는 의도도 있는 것이고.

주혁은 그 말을 듣고는 코웃음 쳤다.

"그러니까 저들이 담합해서 길들이기를 하겠다는 거로군요."

"자세한 내용을 확인한 건 아니지만, 그런 의도도 있는 것 같습니다. 몇몇 사람들로부터 그런 이야기를 전해 들었으니 전혀 없는 말은 아닐 겁니다."

꼭 그런 자들이 있다. 자신의 권력을 놓치지 않기 위해서 헛짓을 하는 자들이. 보통 사람이었다면 어쩔 수 없이 먼저 숙이고 들어갔겠지만, 주혁은 그럴 생각이 없었다. 약자에는 약하고, 강자에는 강한 게 주혁이었다.

"그러면 그들을 모두 빼버리죠. 그리고 중소 배급사를 알아봅시다. 크기가 작다고 실력까지 없는 건 아니니까요."

김중택 대표의 넥스트도 그렇게 시작해서 지금은 큰 업체로 성장하지 않았는가. 오히려 이렇게 된 것이 잘되었다고 주혁은 생각했다.

'그래, 그런 게 작품하고도 잘 어울리는 거야. 이 작품 내용도 사회적으로 주목받지 못했던 사람들이 성공하는 이야기잖아.'

*　　　*　　　*

"중소 배급사를 알아본다고?"

"그렇다고 하는군요."

데이비드와 배급사 임원은 소리 내어 웃었다. 너무나도 비상식적인 행보를 보이고 있어서였다. 그들은 절대로 주혁이 성공할 수 없다고 판단하고 있었다.

"투자회사를 믿고 저러는 모양인데, 돈이 있다고 다 해결되는 게 아니라는 걸 모르는군."

"사람은 뭐든지 겪어봐야 깨닫는 거 아닙니까. 조만간 뼈저리게 느끼겠죠."

괜히 중소 배급사로 남아 있는 게 아니다. 역량에 있어서 현격한 차이가 있다. 비수기라면 모를까, 성수기에는 영화관을 얼마 잡지도 못할 것이다.

"개봉을 추수감사절 주간에 맞추어서 준비 중이었지?"

"지금까지야 그랬죠. 그 시기부터 연말까지 성수기라고 할 수 있으니까. 그런데 그때 개봉이나 할 수 있을까요?"

그들은 다시 한 번 소리 내어 웃었다. 그리고 도저히 이해를 할 수 없다며 고개를 내저었다. 왜 그렇게 무모한 행동을 하는지 모르겠다고 말하면서.

같은 시각, 주혁은 윌리엄 바사드와 이야기를 나누고 있었다.

"그게 옳으니까."

윌리엄 바사드는 주혁의 대답을 듣고는 조금은 이상한 남자라고 생각했다. 도무지 종잡을 수가 없었다.

그가 본 주혁은 굉장한 거물처럼 보일 때도 있었지만, 권력을 가지고 있는 사람이라기보다는 개혁가와 같다고 느껴졌다.

가진 것이 많은 사람은 자신이 가지고 있는 걸 지키려고 한다. 하지만 주혁은 그런 모습보다는 상식적이고 정의로운 길을 묵묵히 걸어가는 사람으로 보였다.

'또 다른 자아인 건가? 아니면 지금 모습이 진짜인 건가?'

알 수 없는 일이었다. 하지만 처음에는 다소 혼란스러웠지만, 지금은 이런 모습의 주혁이 좋았다. 그가 놀라운 능력을 가지고 있다는 건 분명했다. 실제로 여러 차례 확인을 했으니까.

'그런데도 저런 생각을 가지고 있다는 건 쉽지 않은 일이지.'

주혁은 서류를 넘기면서 적합한 배급사라고 고른 회사의 정보를 살폈다.

"네오 웨이브라……."

"비교적 젊은 사람들로 구성된 회삽니다. 지금까지 배급한 영화들의 실적도 나쁘지 않았고, 평도 좋습니다. 무엇보다 영화를 보는 눈이 좋은 것 같더군요."

주혁은 투자회사 임원의 이야기를 들으면서 고개를 끄덕였다. 회사가 설립된 지는 오래되지 않았지만, 꽤나 괜찮은 실적을 보이고 있었다.

"한번 만나보죠. 언제 가능하다고 하던가요?"

"오늘이라도 가능하답니다. 약속을 잡을까요?"

"그러죠. 오후에 바로 만나는 것으로 합시다."

주혁은 데이비드나 배급사와의 계약을 해지하는 건 문제가 없는지 물었다. 임원은 그 정도는 해결할 수 있으니 신경 쓰지 않아도 된다고 대답했다.

"윌리엄 바사드라는 이름은 가볍지 않습니다."

윌리엄 바사드는 가볍게 웃으면서 이야기했다. 상대가 이런 식으로 삐딱하게 나올 수는 있지만, 대놓고 적대시할 수는 없을 거라면서. 그러니 계약을 해지하자고 하면 서로 불만이 없는 정도에서 정리가 될 것이라고 했다.

"혹시라도 생각한 대로 나오지 않는다면?"

"그렇다면 깨닫게 되겠죠."

무엇을 깨닫게 된다는 것인지 말을 덧붙이지 않았지만, 어떤 의미인지 알 수 있었다.

하기야 그가 가진 자금과 배경이라면 할리우드 배급사 하나 정도는 문을 닫게 만들 수도 있을 것이다. 그러니 그쪽에서도 제안을 거절하지는 못할 것이다.

"그러면 계약을 해지하는 것부터 시작합시다. 참, 영상은 네오 웨이브라는 회사에 보냈나요?"

"예, 이미 전달했습니다."

주혁의 말대로 사람들은 배급사에 연락을 취했고, 상대도 별말 없이 계약을 해지했다. 하지만 분명히 후회를 할 거라고 생각하고 있었다.

"이봐, 톰. 정말 이 영화를 우리가 맡을 수 있을까?"

"그렇게 촐싹대지 말라고. 누가 보면 초짜인 줄 알겠어."

말은 그렇게 했지만, 미구엘도 가만히 있지 못하는 건 마찬가지였다. 톰과 미구엘은 초조하게 주혁 일행이 오기를 기다리고 있었다.

제안을 받았을 때, 정말 믿기지가 않았다. 주혁이 영화를 찍고 있다는 사실은 알고 있었다. 할리우드에서 가장 핫한 스타 중 한 명이었으니까. 그리고 블록버스터 급의 제작비에 유명 스타도 많이 출연했다.

그런데 그 작품을 자신들이 배급할 수 있게 될지도 모른다니.

정말 꿈만 같았다.

그래서 아는 사람들을 총동원해서 사정을 알아보았다. 그리고 어떻게 된 일인지 알 수 있었다.

"그런데 이번에 편집된 게 더 괜찮지 않았어?"

"상영 시간이 15분 정도 늘어나기는 하겠지만, 나도 배급사 버전보다는 이번 게 더 좋더라고."

둘은 투자회사에 배급사 버전도 볼 수 있겠냐고 문의했다.

투자회사에서는 배급사 버전과 주혁이 손을 댄 가편집된 버전을 모두 보내주었다.

"배급사 버전이 전형적인 할리우드식 편집이기는 하지. 그런데 다른 버전이 이상하게 더 끌리더라고."

미구엘의 말에 톰도 동의했다. 만약 편집된 버전이 이상했으면 제안을 쉽사리 받아들이지 않았을 것이다.

"계약을 했으면 정말 좋겠다. 이런 작품을 가지고 배급을 하면 정말 잠을 자지 않아도 행복할 것 같아."

둘은 이미 어떤 식으로 마케팅을 할 것인지에 관해서도 이야기를 나눈 상태였다. 그들은 항상 자본이 부족했다. 그래서 톡톡 튀는 아이디어가 없으면 살아남을 수 없었다. 그런 상황에서 지금까지 네오 웨이브라는 배급사가 살아남았다는 건 그들의 능력이 그만큼 좋다는 걸 의미했다.

"나도 계약이 되면 잠이 잘 오지 않을 것 같아. 그리고 진짜 이런 작품 하게 되면 잠 좀 못 자면 어때. 그렇지?"

하지만 그들은 후회해야 했다. 그날 이후로 영화를 개봉할 때까지 몇 달 동안 제대로 잠을 잔 적이 없게 되었으니까.

*　　　　*　　　　*

"무슨 문제가 있는 건 아니지?"

"좀 바빠지긴 하겠지만, 문제가 될 건 없어요."

기재원 대표의 걱정 어린 목소리에 주혁은 일부러 활기찬 목소리로 대답했다. 아무렇지도 않다는 투로. 하지만 일 자체가 아무렇지도 않을 수는 없는 일이었다.

능력이 있는 사람들이라고는 하지만 메이저 배급사가 괜히 메이저가 아니다. 벌써 상영관을 잡는 데 상당한 어려움을 겪고 있었다. 특히나 추수감사절 부근은 성수기라서 더욱 상영관을 확보하기가 어려웠다.

"그래도 상영관 확보하는 게 만만치 않을 텐데……."

"메이저가 하는 것보다야 쉽지는 않죠. 그래도 그럭저럭 잘하고 있어요."

메이저 배급사의 영향력은 굉장했다. 영화관 입장에서는 메이저 배급사를 무시할 수 없다. 그들이 배급하는 영화가 돈이 되는 영화이기 때문이었다.

물론 주혁의 새로운 영화도 탐이 나는 작품이었다.

하지만 영화관은 일 년 내내 장사를 해야 한다. 그러니 돈이 될 만한 영화를 계속해서 대주는 메이저 배급사를 신경 쓰지 않을 수 없었다.

그래서 직접 발로 뛰어야 했다. 메이저와 싸워서 이기려면 그들보다 더 기발한 방법을 생각해야 했고, 조금이라도 더 움직여야 했다.

그리고 네오 웨이브의 톰과 미구엘은 아주 잘하고 있었다. 너무 바빠서 잠을 제대로 못 잘 지경이라서 문제긴 했지만.

그리고 주혁도 덩달아 바빠졌다. 이 영화에서 가장 큰 자산은 주혁이었다. 그래서 영화관 관계자를 만나러 갈 때, 주혁이 동행을 하는 경우도 있었다. 주혁의 개인적인 인기를 이용하기 위해서였다.

"이번에 새로 계약한 배급사 사람들이 무척 젊은데 굉장히 의욕적이거든요?"

주혁은 가볍게 웃으면서 이야기를 시작했다.

톰과 미구엘은 처음에는 가능하면 주혁의 힘을 빌리지 않으려고 노력했다. 하지만 성수기의 상영관을 작은 배급사가 확보한다는 건 굉장히 힘든 일이었다.

그래서 솔직히 이야기를 하고는 주혁에게 지원을 요청했다.

그들의 부탁에 주혁은 시간이 날 때마다 그들과 동행했다.

톰과 미구엘은 자신들이 생각한 것보다 주혁의 인기가 엄청나다는 걸 눈으로 확인할 수 있었다.

미국 사람들은 영웅을 좋아한다. 주혁을 직접 본 사람들의 반응은 한결같았다. 믿어지지 않는다는 얼굴을 하고는 다소 흥분한 채 이야기를 나누게 되었다. 자신의 아이들에게 줄 사인을 해달라는 사람이 대부분이었고, 같이 사진을 찍지 않는 사람이 없었다.

당연히 상영관을 확보하는 데 도움이 되었다.

그렇다고 주혁이 간다고 무조건 상영관을 내준 건 아니었다. 메이저 배급사보다 메리트가 있어야 하니 각종 프로모션도 보장을 해주어야 했다.

"덕분에 사인회는 엄청나게 해야 할 것 같아요."

하지만 이런 식으로 직접 발로 뛰는 게 싫지만은 않았다. 예전 신인 시절로 돌아간 느낌이었다. 몸은 피곤하겠지만, 작품을 위해서라면 충분히 감수할 수 있었다.

"회사는 괜찮죠?"

"그럼. 이제는 아이돌도 그렇고 드라마나 영화도 그렇고 궤도에 올랐다는 느낌이야."

기재원 대표는 아시아권에서는 독보적이고 남미에서도 인기가 폭발적이라고 했다. 그리고 유럽 쪽에서도 슬슬 반응이 올라오고 있다는 거였다.

"아이돌 애들이야 워낙 실력이 좋으니까 당연한 일이겠죠. 그리고 요즘은 다들 특색이 있던데요?"

"비슷한 컨셉으로 나오면 서로 문제가 되니까. 그래서 컨셉을 다양하게 하고 있지. 여성 밴드나 국악을 접목한 그룹도 있다니까."

다양한 시도가 이루어지는 건 좋은 일이다. 물론 그런 그룹이 전부 성공을 할 수는 없을 것이다. 하지만 그런 시도를 통해서 분명히 얻는 게 있을 터. 그리고 드라마도 괜찮다고 생각했다. 독특한 소재와 감성을 가지고 있어서 아시아를 중심으로 수출이 늘고 있었다.

"하지만 유럽이나 미국에서는 반응이 별로야."

"거기는 문화가 달라서 어쩔 수가 없어요."

묘령의 아리따운 처자가 귀요미 송을 부르면 아시아에서는 귀엽고 사랑스럽다고 하지만, 유럽이나 미국에서는 다 큰 여자가 뭐하는 짓이냐고 의아해한다. 이해가 되지 않는 행동이라면서.

하지만 그런 것은 문화 차이 때문에 그런 것이다. 잘못되고 아니고의 문제는 아닌 것이다.

대신에 한국에서는 그다지 인기가 없었던 드라마가 오히려 미국이나 유럽에서 인기를 끄는 경우도 있다.

"한국에는 언제까지 있을 거야?"

"정리할 거만 정리하고 빨리 가봐야 해요. 밀린 일들이 많아서요."

3일 후에 출국하는 것으로 일정이 잡혀 있었다. 가능하면 더 일찍 갈 수도 있었고.

주혁은 기 대표와 헤어져서 집으로 향했다.

"요즘에는 집에 있는 시간보다 외국에 있는 시간이 더 많았던 것 같네."

주혁은 집에 도착했는데, 조금은 낯설다는 느낌이 들었다. 하지만 미래는 집이 좋은 모양이었다. 마당을 이리저리 뛰어다니면서 기분이 좋다는 걸 표현했다.

"별일 없었죠?"

"예, 저희가 특별히 신경 쓰고 있으니 걱정하지 않으셔도 됩니다."

주혁이 고용한 사람들이 집 주변을 24시간 지키고 있었다. 경비 업체와도 계약을 하고 있었지만, 그것만으로는 마음이 놓이지 않아서 따로 사람을 고용한 거였다. 주혁은 그동안 있었던 일을 간단하게 보고받았다.

그런데 이야기를 듣는 동안 시끄러운 소리가 들렸다. 고개를 돌려 보니 옆집 물건들을 빼내고 있었다.

"이사를 가는 모양이군요."

"예. 주인이 대기업에 다니는데, 이번에 미국으로 발령이 났답니다. 그래서 집을 내놓았다는군요."

"그런 것까지 알고 있습니까?"

"주변에 변동 사항이 있는 건 모두 파악하려고 하고 있습니다."

주혁은 꼼꼼하게 일 처리를 하는 것을 확인한 것 같아서 마음이 놓였다.

보고받을 내용은 그리 많지 않았다.

이야기가 끝나고 집에 들어갔는데, 집 안에는 약간 먼지가 쌓여 있었다. 집 안에는 아무도 들이지 못하게 해서 청소도 하지 못해서 그런 거였다.

하지만 지저분한 것이 누군가가 자꾸 오가는 것보다 낫다고 생각했다.

하지만 이런 것도 이제 얼마 남지 않았다. 상자만 모두 확보하고 나면 이렇게 조심할 필요가 없을 테니까.

주혁은 가장 먼저 자신의 방으로 와서 상자를 확인했다. 여러 가지 생체 정보를 확인하고는 금고의 문이 열렸다. 그리고 그 안에는 커다란 상자가 그 위용을 뽐내고 있었다.

주혁은 안심을 하고는 다시 금고를 닫았다. 그리고 모든 장치가 제대로 동작하는지 확인했다.

누군가가 금고를 열려고 하면 금고 주변에서 폭발이 일어나고 금고는 지하로 매몰되도록 되어 있다.

건물 잔해를 제거하고 금고를 꺼내려면 상당한 시간이 필요할 것이다. 중장비도 필요할 것이고.

모든 장치가 정상적으로 작동하고 있었다.

주혁은 이 정도면 안심을 해도 되겠다고 생각하고는 하루라도 빨리 상황이 끝났으면 좋겠다고 생각했다.

*　　　*　　　*

"수고했어요. 그래도 2,000개가 넘는 상영관을 확보했으니 성공적이라고 볼 수 있겠네요."

"아쉽습니다. 적어도 3,500개 이상은 확보를 했으면 했는데 말이죠."

주혁은 톰과 미구엘의 손을 잡으면서 환한 표정으로 이야기했지만, 둘은 무척 아쉬워하는 표정이었다. 최선을 다했지만, 목표에는 턱없이 미치지 못했기 때문이었다.

"애초에 3,500개는 무리였어요. 저는 이 정도면 만족합니다."

"그래도……."

주혁은 개운하다는 표정이었다. 메이저 배급사들 틈바구니에서 그 정도 상영관을 확보했으면 대단한 거였다. 보통 메이저 배급사가 미는 작품은 4,000개 정도의 상영관에서 시작한다. 올해 개봉한 어벤저스가 4,349개 상영관으로 시작한 것만 보아도 알 수 있다.

미국의 전체 상영관 수는 대략 36,000개 정도 된다. 그중에서 4,000개 정도면 그다지 많지 않은 게 아니냐고 말할 수도 있겠지만, 절대로 그렇지 않다. 미국에는 전 세계 영화가 몰려든다. 수많은 배급사들이 치열하게 경쟁을 하고 있고.

그리고 메이저 배급사의 경우에는 동시에 여러 개의 작품을 극장에 걸기도 한다. 그러니 5대 메이저 배급사가 상당수의 상영관을 가져가고 나머지 상영관을 놓고 다른 배급사들이 경쟁을 하는 형국이다.

그런 상황에서 2,000개가 넘는 상영관을, 그것도 추수감사절이 있는 성수기에 확보했다는 건 대단한 일이었다.

"이게 다 네오 웨이브에서 노력한 결과입니다. 충분히 자랑스러워해도 됩니다."

중소 배급사다 보니 제약이 많았다. 자본이야 투자회사가 있으니 모자라지 않지만, 돈만 있다고 해결되는 게 아니었다. 영향력과 인맥에서는 상대가 되지 않았다.

"블로거들과 유튜브를 활용한 전략은 괜찮았어요. 반응도 아주 좋았고요."

영향력 있는 비평가를 활용하는 방안도 검토가 되었지만, 그건 어차피 메이저 배급사에서도 다 사용하는 방법이다. 그래서 나온 방법이 메이저가 하지 않는 것들이었다. 그걸 가지고 승부를 보자는 작전이었다.

파워 블로거보다는 영화를 순수하게 좋아하는 블로거, 가능하면 나이가 어린 블로거 중에서 선정해서 시사회를 했다. 주혁이 워낙 인기인이어서 상당히 많은 사람들이 신청을 했고, 그 과정부터 조금씩 화제가 되었다.

"진정성이 있는 글이 사람들의 마음을 움직이는 거니까요."

화려하고 멋진 글도 좋긴 하다. 수려하고 매끄러운 글이 읽기도 좋고 머리에도 오래 남으니까. 그리고 무언가가 있어 보이니까. 하지만 초등학생 나이의 학생이 영화를 보고 느낀 점을 솔직하게 적은 글을 사람들은 더 신뢰했다.

때 묻지 않고 순수한 시선으로 적은 후기. 아이들은 좋은 점은 좋다고, 마음에 들지 않은 부분은 마음에 들지 않았다고 적었다.

개중에는 잘 몰라서 스포일러를 하는 경우도 있었지만, 그런 경우는 바로 연락을 해서 고치도록 했다.

그리고 사람들도 그런 경우는 아이들의 귀여운 실수라고 눈감아주었다. 내용을 보았어도 펴 나르지 않았고.

대부분은 아이들이 귀엽다면서 자신도 아이와 함께 가서 보고 싶다는 평이 많았다.

그런 글들이 화제가 되니 꽤 기대가 되는 영화라는 인식이 깔리기 시작했다. 거기에 전문가의 평이 더해지니 효과가 배가되었다. 만약에 영화가 강렬한 액션이나 화려한 그래픽을 무기로 삼는 작품이었다면, 이런 방식이 먹히지 않았을 것이다.

"최근에 유행하는 블록버스터 영화의 코드와는 완전히 달라서 사람들이 더 관심을 갖는 것 같아요."

"맞습니다. 저는 어렸을 때 봤던 영화가 생각나더군요."

톰은 'E.T.' 이야기를 했다. 사실 흥행하기 어려울 것이라는 우려가 많았던 영화였다. 어린아이와 외계인의 우정 이야기였으니까. 그래서 스필버그임에도 불구하고 여러 영화사에서 퇴짜를 맞지 않았던가.

"이 이야기도 비슷한 것 같아요. 이야기 자체는 다르지만 느낌이 비슷해요. 사람들이 가지고 있는 본성을 움직이는 그런 힘이 있다고나 할까요?"

주혁은 톰의 이야기를 듣고는 고개를 끄덕였다. 자신도 그런 감정을 관객에게 주기를 바라면서 만든 영화였으니까.

"여기도 좋은 얘기가 많네요."

미구엘은 한 블로거의 글을 보여주었다. 거기에는 소탈함과 진정성이 은은하게 흘러서 영화를 보는 내내 따스함을 느낄 수 있었다고 적혀 있었다. 이런 종류의 글들이 많았다. 그런 글들이 많아지면 많아질수록 주혁의 영화는 점점 더 많이 관심을 받게 되었다.

"하지만 지금부텁니다. 이제부터는 정말 발로 뛰어야 하니까요."

앞으로 개봉까지는 제법 시간이 남아 있었다. 하지만 메이저 배급사의 대규모 물량 공세에 아직은 고전을 하는 모양새였다.

"어차피 우리는 뒷심을 노려야 해요. 저들은 엄청난 개봉관을 확보하고서 엄청난 마케팅 비용을 쏟아부은 후에 치고 빠지는 전략이지만, 우리는 길게 가야죠."

주혁과 네오 웨이브는 오프닝 스코어에는 크게 신경을 쓰지 않기로 했다. 하는 데까지는 해보겠지만, 어차피 메이저 배급사가 하는 만큼 하기는 어렵다. 하지만 결국 승자는 자신들이 되리라고 생각했다. 뒤로 갈수록 힘을 받을 수 있을 테니까.

그리고 드디어 영화가 개봉되었다. 주혁이 처음으로 주연과 감독을 한 작품이.

영화의 제목은 'Shout!' 세상에 자기 목소리를 제대로 내지 못하고 살아가던 사람들이 주인공을 만나면서 용기를 얻어서 세상 앞에 나선다는 내용이었다.

2,135개 상영관에서 시작. 5천만 달러가 조금 넘는 금액을 벌어들였다. 아주 나쁘지도 않고 그렇다고 좋다고 보기에도 어려운 수치였다.

메이저 배급사들은 중소 배급사의 한계를 명확하게 보여준 결과라고 평가했다.

주혁도 생각보다 낮은 스코어에 조금은 실망스러웠다.

"너무 걱정하지 마세요. 영화 자체에 대한 평은 좋으니까요."

톰과 미구엘이 긍정적으로 생각하자며 기운을 북돋았다. 하지만 맥이 빠지는 건 어쩔 수 없었다. 그러나 그런 걸 같이 일하는 사람들에게 대놓고 드러낼 수는 없는 일. 주혁은 빙긋 웃으면서 파이팅을 외쳤다.

"그럼요, 이제부터 시작인데요."

하지만 좋지 않은 소식만 들린 건 아니었다. 2주가 되면서 상영관은 조금 줄었는데, 오히려 관객과 수익은 늘어나는 기현상이 벌어졌던 것이다.

*   *   *

"음악이 한몫한 것 같아요."

"맞아요. 세대를 아우를 수 있는 좋은 곡들이 있어서 사람들이 쉽게 빠져들 수가 있었던 것 같아요. 게다가 편곡도 아주 신선했고요."

"저는 생각이 조금 다르네요."

의견이 분분했다. 어떤 사람들은 CG를 이야기했고, 어떤 사람들은 음악을 언급했다. 모인 사람들의 성별과 나이가 다른 만큼 생각도 차이가 있었다.

미국에서는 인기가 서서히 오르는 중이었지만, 아시아권에서는 폭발적인 흥행 성적을 기록하고 있었다.

특히 한국에서는 연일 신기록을 갈아치우는 중이었다. 그래서 이런 자리도 마련이 된 거였다.

언론사에서 여러 계층의 사람들을 초대해서 대화를 나누게 하고는 그 내용을 특별기사 형식으로 내보내려는 거였다. 과연 사람들이 이 영화의 어떤 점에 끌리는지를 보여주는 기획 기사였다.

"잠시만요, 캐릭터에 관해서도 이야기를 좀 나눴으면 하는데요."

"아, 캐릭터도 정말 좋았어요."

"맞아요. 저는 바이올린 할아버지가 인상에 남더라고요. 돌아가신 할아버지 생각이 나서요."

전체적으로 이야깃거리가 풍성했다. 좋은 측면이 많아서 꼭 이거라고 집어내기가 어려울 정도로 장점이 많았다.

"솔직히 말해서 요즘은 화려한 영화들이 많잖아요. 그런데 보고 나면 내가 뭘 봤지? 그런 생각을 하게 되는 경우가 많았어요. 그런데 이 영화는 보고 나올 때 사람들이 전부 따뜻한 미소를 짓고 있었어요."

"생각해 보니까 그러네요. 그렇다고 이 영화가 잔잔한 영화는 아니거든요. 컴퓨터 그래픽도 화려하고 음악 무대도 굉장했어요. 볼거리와 감동을 같이 주는 영화인 것 같아요."

사실 전문가들도 뭐라고 콕 집어서 이야기를 하지 못했다. 이런저런 면이 좋았다는 이야기는 하면서도 어떻게 이런 엄청난 흥행 성적을 거두고 있는지는 확실하게 잡아내지 못하고 있었다.

"그런 점에 관해서는 어떻게 생각하세요?"

"글쎄요? 전문가도 잘 모르는 걸 저희들이……."

진행자의 질문에 사람들이 대답하기를 꺼렸다. 전문가들도 의견이 분분한 걸 자신들이 이야기한다는 게 영 내키지 않아서였다. 하지만 어디나 과감한 성격의 사람은 있는 법. 대학교에 다니고 있는 여학생이 입을 열었다.

"저는 희망이라고 생각해요. 사실 요즘 굉장히 어렵잖아요. 먹고살기도 어렵고, 취직하기도 어렵고. 어려운 것투성이예요."

다들 공감을 하는 표정이었다. 고개를 끄덕이는 사람도 있었고, 살짝 한숨을 내쉬는 사람도 있었다.

그 여학생은 계속해서 말을 이었다.

"그리고 믿고 따를 수 있는 사람도 없는 것 같아요. 사회에서나 학교에서나. 그래서 영화 속 주인공에게 의지하고 싶다는 생각이 들더라고요. 성격이 괴팍하긴 하지만 가슴은 따뜻한 사람이잖아요. 그리고 결국에는 사람들의 재능을 알아보고 이끌어냈고요."

특히나 오디션 장면이 감동적이라고 했다. 어떤 사람들의 주목도 받지 못하던 사람들에게 조언을 하고 옆에서 도와서 용기를 갖게 한 것이 주인공이었으니까. 개중에는 오디션의 다음 단계로 넘어간 사람도 있고 그렇지 않은 사람도 있었지만, 그건 중요한 게 아니라고 했다.

"저도 그냥 그런 생각이 들었어요. 누군가 내 재능을 알아

보고 저렇게 끌어줬으면 좋겠다고요. 아마도 떨어진 사람들도 후회는 없을 거라고 생각해요."

"그렇겠지. 정말 하고 싶던 걸 마음껏 할 수 있었으니까. 나도 예전에 축구를 무척 좋아했었는데, 결국 선수는 하지 못했거든. 그래서 지금까지도 매주 주말에 조기 축구를 하고 있지만 말이야."

40대 남자가 너털웃음을 터뜨리면서 이야기했다. 덕분에 분위기는 한층 밝아졌다.

"저는 애하고 같이 봤거든요. 애가 중학생인데 보고 나서 같이 이런저런 이야기를 하게 되더라고요. 그래서 좋았어요."

이야기는 많았지만, 결론은 나지 않았다. 사실 결론을 내기 위해서 만든 자리도 아니었고.

그렇게 자리가 마무리되고 기자들끼리 자리를 정리하면서 이야기를 나누었다.

"얼마까지 갈 수 있을까?"

"천만이야 당연히 넘는 거고, 글쎄. 이 기세로 보면 천오백만도 가능하지 않을까?"

"설마. 그렇게까지 되려고."

둘은 과연 관객이 몇 명이나 들는지 이야기를 나누었지만, 연일 기록을 갈아치우고 있는 작품이라서 쉽게 예상을 할 수 없었다.

한국이 조금 더 강세이기는 했지만, 아시아 대부분 국가에서 비슷한 흥행을 기록하고 있었다. 그리고 작품에 출연했던 한류 스타들의 인기도 덩달아 높아지고 있었다. 단역으로 나와 가창력과 댄스 실력을 뽐낸 아이돌 멤버들도 모두 화제가 되었다.

그리고 미국에서도 서서히 바람이 불고 있었다. 관객이 조금씩이지만 늘고 있었다.

"상영관을 늘리자는 곳이 더 많습니다."

지역에 따라서 약간의 편차는 있었지만, 전반적으로 상영관이 늘어나는 곳이 더 많았다. 굉장히 고무적인 일이었다. 사실 블록버스터 영화가 상영관 수를 줄였다가 다시 늘리는 경우는 굉장히 드문 케이스였다.

하지만 2주에 줄었던 상영관이 3주가 되면 소폭이나마 증가할 것으로 보였다. 그만큼 뒷심이 있었던 것이다.

"메이저 배급사에서 그런 이야기를 했다고 하더군요. 저희 보고 돈이 전부가 아니라고요."

실제로 그런 이야기를 했다. 중소 배급사에 아무리 돈을 많이 대도 자기들만큼 할 수 있겠느냐는 말이었다. 그만큼 자신들은 오래 다져 온 노하우와 네트워크가 있었고, 돈으로는 살 수 없는 영향력을 가지고 있다는 거였다.

미구엘이 웃으면서 이야기를 했지만, 사실 이번에 돌아다니면서 설움도 많이 받았다.

너희는 안된다. 결과는 뻔하다. 정말 숱하게 그런 이야기를 들었다. 하지만 이를 악물고 버텼다. 자신들의 눈은 정확하다고 되뇌면서.

"하지만 이제는 그대로 돌려주고 싶네요. 돈이 전부가 아니라고."

메이저 배급사가 내건 영화들은 엄청난 마케팅을 통해서 첫 주에 엄청난 수익을 뽑았지만, 가파르게 관객이 떨어져 나가고 있었다. 그래서 상영관 수가 엄청나게 줄어들고 있었다. 상영관 수가 얼마나 줄었느냐를 드랍율이라고 하는데, 50% 이상의 드랍율을 보였다.

그런데 자신들의 영화는 상영관이 줄기는커녕 늘어날 것이니 누가 승자인지는 명확해진 거였다.

"맞는 말이에요. 돈으로는 감동을 살 수 없는 법이죠."

주혁은 미구엘과 하이파이브를 했다.

앞으로도 계속 같이 일해도 좋겠다는 생각이 드는 친구들이었다.

*   *   *

"미스터 강, 축하합니다."

"무슨 말씀을요. 고전을 면치 못하고 있는데요."

크리스토퍼는 자신도 영화를 보았다면서 굉장히 칭찬을 했다. 특히나 그는 연출에 관심을 보였는데, 감정선을 끌고 가는 것과 소품의 의미 같은 걸 많이 물어왔다.

3주 차가 되자 상영관의 수가 예상보다는 더 늘어났다. 관객 수가 점점 더 늘고 있어서였다. 그렇게 꾸준히 관객 수가 늘어나고 있으니 영화관으로서도 상영관을 늘릴 수밖에 없었다. 돈이 되는 영화에 상영관을 배분하는 건 아주 당연한 일이었으니까. 메이저 배급사에서 볼멘소리를 해도 극장 측에서 흥행 성적을 보여주면 할 말이 없었다.

"굉장히 세심하다는 느낌을 받았어요. 그리고 감정을 쌓아 올려서 마지막에 터뜨리는 것도 인상적이었고요. 요즘은 블록버스터에서 그런 걸 보기 어렵거든요."

크리스토퍼는 여러 캐릭터의 사연을 복잡하지 않게 끌고 갔다면서 작가가 누구냐고 물어보았다. 상당히 재능이 있다면서.

주혁은 한국 작가라고 이야기를 하고는 자신도 작업에 참여했다고 언급했다.

"그래요? 놀랍군요. 이야기를 하면서도 느꼈지만, 미스터 강은 확실히 작품을 이해하고 해석하는 능력이 뛰어나요."

하지만 오늘 크리스토퍼가 이곳에 온 것은 그런 이야기를 하기 위해서가 아니었다.

둘은 곧바로 지금까지 작업이 된 시나리오를 가지고 이야기를 나누었다.

"제가 보기에는 여기서 조커가 인간적인 면도 보여주는 편이……."

"그러면 이곳에서 하는 행동을 바꾸고……."

둘은 시간이 가는 줄 모르고 이야기 속으로 빠져들었다. 사실 대부분 작업이 끝난 상황이라서 나눌 이야기는 그리 많지 않았다.

그런데 크리스토퍼가 뜻밖의 제안을 해왔다.

"조금 빨리 촬영에 들어갈 수 있을까요?"

"빨리요? 언제를 생각하고 계신 거죠?"

크리스토퍼는 잠시 망설이다가 12월부터 가능하겠냐고 말을 꺼냈다.

주혁은 고개를 저었다. 12월이라면 지금 하고 있는 작품 때문에 도저히 시간이 나지 않을 것 같아서였다.

하지만 크리스토퍼는 나름대로 논리를 가지고 접근했다.

"우리는 준비가 되어서 12월 7일부터는 작업에 들어갈 수 있어요. 그리고 초반에는 미스터 강이 나오는 장면이 그리 많지 않을 겁니다. 그러니 일정을 잘 조정하면 가능할 것 같더군요."

"그런가요? 어디 일정을 한번 볼 수 있을까요?"

이 정도로 이야기를 할 때는 일정을 이미 짜놓았다는 말이었다.

주혁의 이야기에 크리스토퍼는 자신들이 만든 일정표를 보여주었다. 초반에는 주인공 위주로 촬영에 들어가서 주혁의 분량은 많지 않았다.

"이 정도면 가능할 것 같기도 한데요?"

솔직하게 무리였다. 보통이라면 거절해야 마땅한 일이었다. 하지만 빨리 작품을 하고 싶다는 욕구가 주혁의 가슴 깊은 곳에서 일어났다. 그리고 지금까지 보통 이런 식으로 작품 활동을 해오지 않았던가.

주혁의 이야기에 크리스토퍼의 얼굴에 화색이 돌았다. 하루라도 빨리 촬영에 들어가고 싶었는데, 다행스럽게도 주혁이 허락을 해서였다. 확답은 아니었지만, 이 정도 반응이면 허락이라고 보아도 무방했다.

"그러면 그렇게 진행하는 걸로 하고 세부적인 건 따로 이야기를 하는 것으로 하죠."

"그러죠. 그렇게 하겠습니다."

크리스토퍼는 활짝 웃으면서 주혁에게 손을 내밀었다.

손을 굳게 맞잡으면서 주혁은 역시 자신은 편하게 지낼 팔자는 아니라고 생각했다.

"참, 요즘 분위기가 좋은 거 압니까?"

"분위기요? 어떤 분위기 이야기를 하는 건지……."

크리스토퍼는 웃으면서 이야기를 했다.

요즘 만나는 사람들마다 주혁의 작품 이야기를 한다는 거였다.

"아마도 작품상과 남우주연상 후보로 올라가는 건 문제가 없을 것 같더군요. 제가 만나본 영화 관계자들은 모두 그렇게 생각하고 있었어요."

아직까지는 특별히 견줄 만한 작품도, 남우주연상 후보도 없다는 게 중론이었다.

주혁의 연출과 연기가 훌륭했다는 것도 있지만, 올해는 유독 수상권으로 거론되는 작품과 인물이 없었다.

"받으면 좋겠지만, 그거야 어디 알 수 있는 건가요. 그리고 앞으로 나올 작품 중에서 좋은 게 많은 것 같던데요."

사실 연말이 성수기라서 좋은 작품들이 많이 대기하고 있기는 했다.

하지만 크리스토퍼는 어느 때보다도 올해 주혁의 수상 가능성을 높게 보았다.

아카데미상을 받으려면 아카데미 회원들의 마음을 얻어야 한다. 그런데 자신이 돌아다니면서 이야기를 해보니 공감대가 형성되어 있었다. 주혁이 상을 받을 만하다는 공감대가.

작품도 그렇고 연기도 그렇고 자격을 갖추었다고 사람들이 생각했다. 아시아에서 온 이방인이라는 사실이 단점이기는 했는데, 그건 주혁의 영웅적인 행동으로 상쇄되었다. 아니, 오히려 사람들이 히어로라고 생각하면서 플러스 요인이 되었다.

그러니 내년에 있을 아카데미상 시상식에는 주혁이 주인공일 것이라고 생각했다.

"그러면 일정을 잡아서 다시 연락을 하죠. 아마 다른 사람들도 상당히 기뻐할 겁니다. 모두들 새로운 조커를 만나는 걸 손에 꼽고 있었거든요."

"저도 기대가 됩니다."

주혁은 크리스토퍼가 가고 나서 잠시 생각을 했다. 작년에 시상식에 참가는 했지만, 수상을 하지는 못했다. 당연하다고 생각은 했지만, 아쉬움이 남은 건 사실.

"아카데미상이라."

그것도 작품상과 남우주연상을 동시에 노릴 수도 있다는 생각이 들자 정말 감개가 무량했다.

정말 꿈 같은 일이었다. 괴물에서 물에 빠지는 역할을 한 게 불과 6년 전의 일이었다. 그런데 벌써 할리우드의 가장 높은 곳에 설 수 있게 되었다니.

하지만 누군가의 행복이 누군가에는 불행이 되는 법이다.

가장 큰 절망감을 느끼고 있는 건 바로 이 작품의 프로듀서였던 데이비드였다.

"이렇게까지 잘되리라고는……."

그는 박스오피스를 확인하면서 점점 표정이 굳어졌다. 주혁의 작품이 잘될수록 자신의 미래는 어둡게 된다. 그리고 이미 회복되기 어려울 정도로 어두워진 상태였다.

아쉬웠다. 자신의 손에 들어왔던 작품을 자신의 손으로 내친 셈이었으니까.

자신이 한 행동에 대한 책임은 스스로 져야 한다. 데이비드는 조만간 사표를 내야겠다고 생각했다.

하지만 배급사에서는 그럴 기회조차 주지 않았다.

임원 회의를 거쳐 곧바로 해고해 버렸으니까.

한때 할리우드의 거물 제작자였던 데이비드는 2012년을 마치지 못하고 실직자가 되었다. 그리고 다시는 영화계로 돌아오지 못했다.

그는 크리스마스를 앞두고 손자와 주혁의 영화를 같이 보았다.

손자와 데이비드는 보는 내내 웃었는데, 데이비드의 웃음에는 짙은 회한이 담겨 있었다. 생각을 조금만 잘했더라면 지금 환호를 하면서 파티에 불려 다녔을 것이라는 생각에.

하지만 시간을 되돌릴 수는 없는 법이다. 지구상에 단 두 사람을 제외하고는.

CHAPTER **79**

꿈 같은 시간

주혁이 연락을 받은 건 이른 아침이었다. 해가 떠오른 지 얼마 되지 않은 시각, 아침 식사를 막 하고 있을 때였다. 간단하게 토스트를 만들어서 먹고 있는데 요란하게 울리는 핸드폰 소리가 들렸다.

"이렇게 이른 아침부터 누구지?"

액정을 확인하니 병원에 있는 경호 책임자였다.

주혁은 어떤 이야기가 나올지 짐작을 하면서 통화를 연결했다. 그리고 핸드폰 너머에서는 자신이 생각한 바로 그 이야기가 흘러나왔다.

"오늘을 넘기기 어려울 것 같다고요?"

—그렇습니다. 아무래도 한계에 다다른 것 같습니다.

보스가 곧 사망할 것 같다는 연락. 하기야 생각보다 오래 버티기는 했다. 얼마 가지 못할 것이라는 예상을 깨고 지금까지 버텼으니까.

언젠가는 그리될 줄 알고 있었지만, 직접 이야기를 들으니 무척 묘한 기분이 되었다.

"이 일을 기뻐해야 할지 아니면 슬퍼해야 할지……."

통화를 마친 주혁은 약간은 착잡한 심정으로 중얼거렸다. 뭐가 어찌 되었든 간에 사람이 죽는다는 건 유쾌할 수 없는 일인 것 같았다. 악당이 죽으면 속이 시원할 것 같았는데, 그렇지는 않았다. 오히려 기분이 울적해졌다.

이제는 모든 것이 끝나게 되었다. 보스가 죽고 나면 상자의 위치를 찾을 수 있을 것이다. 위치만 파악하면 상자를 회수하는 건 일도 아닐 터. 그러면 최후의 승자는 자신이 되는 것이다. 하지만 개운한 느낌이 들지 않았다.

"기분 참 묘하네. 일이 이렇게 되면 마음이 편할 줄 알았는데……."

오히려 심경이 복잡했다. 모든 것이 허무하게 느껴지기도 했고, 사람은 죽으면 어떻게 되는지에 대한 생각이 떠오르기도 했다.

한번 떠오른 생각은 쉽게 지워지지 않고 꼬리에 꼬리를 물었다.

저승이라는 게 정말 있을지. 죽고 나서 영혼이 가는 곳이 따로 있는지. 그리고 다시 태어나는 게 사실일지.

아무리 생각하고 결론을 낼 수 없는 질문이 끝도 없이 떠올랐다.

만약 목소리가 들리지 않았다면, 한참을 그런 생각을 하면서 있었을 것이다.

[요즘은 통 말을 걸지 않는군.]

오랜만에 상자가 먼저 말을 걸어왔다. 그렇지 않아도 이야기를 할까 했었는데, 잘되었다고 여겼다. 물어볼 것이 있어서였다.

[미안. 요즘 굉장히 바빠서 말이야. 그런데 어쩐 일이야? 먼저 말을 걸고.]

[특별한 일이 있어서 그런 건 아니다. 바쁜 건 나도 봐서 잘 알고 있고. 그냥 이야기나 좀 하고 싶어서 그런 거야.]

자신이 너무 무심했다는 생각이 들어서 주혁은 대화 상대를 해주었다. 서로를 너무나도 잘 알고 있어서인지 굉장히 오래된 친구와 이야기를 하는 것 같았다. 그리고 확실히 예전보다는 친해졌다는 느낌이 들었다.

[참, 물어보고 싶은 게 있었는데.]

[뭔데?]

[주인이 없는 상자는 찾을 수 있다고 했지?]

[물론이지. 그건 그리 어려운 게 아니다.]

주혁은 찾는 데 시간이 얼마나 걸리느냐고 물었다. 중요한 문제였다. 기왕 일이 이렇게 된 거, 하루라도 빨리 상황을 마무리하고 싶었으니까.

[대충 열흘 정도면 될 거야. 약간 빨라질 수도 있고 약간 늦어질 수도 있지만, 열흘 정도라고 생각하면 큰 차이는 없을 테지.]

[그래? 정말 시간이 별로 걸리지 않는구나.]

열흘이라면 굉장히 짧은 시간이었다. 전에 동전을 찾을 때는 몇 개월이나 걸렸으니 말이다.

상자가 합쳐져서 능력도 업그레이드가 된 것일 수도 있다. 하지만 그런 게 무슨 상관이겠는가. 이제 모든 상자가 곧 자신의 것이 될 텐데.

[알았어. 그러면 상자의 주인이 죽게 되면 바로 이야기를 하지.]

[언제든지 말만 하라고. 그리 어려운 일은 아니니까.]

주혁은 상자와 대화를 나누고 나니 기분이 좀 편해졌다.

주혁은 접시에 남아 있는 토스트를 집어 들고는 입에 물었다. 이미 식어서 온기는 남아 있지 않았지만, 맛은 나쁘지 않았다.

주혁은 우유와 함께 남은 토스트 조각을 넘겼다.

그리고 나가기 위해서 준비를 하고 있는데, 또다시 핸드폰이 울렸다. 오늘은 아침부터 이상하게 바쁘다는 생각을 하면서 액정을 확인했다.

이번에는 인수의 어머니로부터 온 전화였다.

'설마 나쁜 소식은 아니겠지?'

주혁은 순간 긴장을 했다. 혹시 병이 악화된 것이나 더 나쁜 일이 생긴 건 아닐까 하는 생각이 들어서였다.

주혁은 제발 나쁜 소식이 아니기를 바라면서 핸드폰을 들었다.

그리고 아주 다행스럽게도 나쁜 소식은 아니었다.

"예, 인수 어머니. 어쩐 일이세요?"

이야기를 하는 주혁의 목소리가 살짝 떨렸다.

하지만 인수 어머니의 목소리는 무척 활기차고 밝았다.

—잘 지내시죠? 이번에 검사를 했는데 경과가 더 좋아져서 알려 드리려고요. 아마도 내년이면 완치가 될 것 같다고 하네요.

주혁은 안도의 한숨을 내쉬었다. 인수가 촬영을 하면서 정말 즐거워하던 모습이 떠올랐다. 그리고 꼭 연기자가 되겠다고 이야기도 했었다. 긍정적인 생각을 해서 상태도 좋아진 게 아닐까 싶었다.

인수 어머니는 계속해서 인수가 얼마나 좋아졌는지에 대해서 이야기를 했는데, 목소리만 들어도 그녀가 얼마나 기뻐하고 있는지가 느껴졌다. 저런 게 어머니의 마음일 것이다.

주혁은 목소리를 들을수록 자신의 마음도 점점 편안해지는 걸 느꼈다.

"정말 다행이네요. 저도 빨리 완치가 된 걸 보고 싶습니다."

─정말 감사해요. 이번에 한국에 오시면 꼭 연락 주세요. 저희가 식사라도 대접할게요.

주혁은 괜찮다고 했지만, 인수의 어머니는 거듭 권유했다. 대단한 건 아니겠지만, 자신이 직접 음식을 장만하겠다며.

주혁은 그러겠다고 하고는 통화를 마쳤다.

"잘됐네. 이거 좋은 일만 계속해서 생기니까 오히려 좀 그런데?"

주혁은 싱긋 웃으면서 중얼거렸다. 정말 요즘만 같으면 더 바랄 게 없을 것 같았다.

상영하고 있는 작품은 날이 갈수록 인기가 높아지고 있었다. 관객이 점점 늘어서 드디어 박스오피스 1위를 차지했다.

상영 첫 주와 둘째 주에는 다른 블록버스터에 밀려서 순위가 낮았는데, 셋째 주에 들어와서 본격적으로 기운을 내기 시작했다. 그래서 드디어 1위를 차지했다. 블록버스터 영화가 뒷심을 발휘해서 3주 차에 1위를 차지하는 일은 굉장히 이례적으로 받아들여졌다.

그리고 아카데미상 관련해서도 상당히 긍정적인 이야기가 나오고 있었다. 뚜껑을 열어봐야 알 수 있기는 하지만, 적어도 다섯 분야 정도는 후보에 오를 것으로 전문가들은 예상했다.

그리고 다른 부분은 몰라도 작품상과 남우주연상은 주혁이 유력하다고 다들 입을 모았다. 주혁도 그 정도면 대성공이라고 생각했다. 평생을 가도 후보에도 오르지 못하는 사람들이 얼마나 많은가.

'할리우드에 진출한 지 얼마 되지도 않아서 수상이 유력해졌으니 이만하면 대단한 성공이지.'

어디 그뿐이랴. 새로 촬영에 들어갈 작품도 엄청난 주목을 받고 있었다.

하기야 누군들 궁금하지 않겠는가. 새로운 조커가 나온다는데 말이다.

그런 생각을 하면서 주혁은 하루 일과를 시작했다.

그리고 그날 오후, 주혁은 보스가 사망했다는 소식을 듣게 되었다.

"그렇군요. 알겠습니다."

인생이란 게 이렇게 허무하다는 사실에 헛웃음이 나왔다. 그렇게 권력에 집착하던 사람이 도망을 치다가 갑자기 쓰러져서 세상을 떠난다니.

[이봐, 이야기 들었지?]

[그래. 그럼 이제 나머지 두 개의 상자를 찾아야겠군.]

[그래, 부탁하지. 열흘 정도면 된다고 했지?]

[물론이야. 늦더라도 반나절 정도? 그 이상 시간이 걸리지는 않을 거다.]

주혁은 바로 상자를 찾아달라고 이야기했다.

*   *   *

최근 들어서 주혁은 자꾸만 무언가 깜빡깜빡한다는 생각이 들었다. 왜 그런지는 모르겠지만, 물건을 다른 곳에 놓고서 엉뚱한 곳을 찾기도 했고, 만나기로 한 약속을 까맣게 잊어먹고 있기도 했다.

"이상하네. 피곤해서 그런가?"

피곤하기는 했다. 지금까지 일정도 무리였고, 앞으로도 계속해서 무리가 따르는 일정을 소화하고 있었다. 그래서 몸이 조금 무겁다는 느낌이 들곤 했다. 하지만 지금까지는 이런 일이 거의 없었다.

약속을 잊어먹거나 하는 일은 거의 없었는데, 갑자기 부쩍 이런 일이 잦아지자 걱정이 되었다. 혹시나 상자의 기운과 관련된 문제가 아닌가 싶었지만, 그걸 상자에게 물어볼 수는 없었다. 지금 다른 상자를 한창 찾고 있기 때문이었다.

"하필이면 상자하고 이야기를 나눌 수 없는 때에……."

상자와 대화를 하려면 일주일 이상 시간이 더 남았다.

물론 지금이라도 이야기를 나눌 수는 있었다. 상자를 찾는 걸 잠깐 멈추었다가 다시 시작하면 되니까.

하지만 몸 상태가 이상한 것이 혹시 기운 때문에 그런 것이냐는 질문을 하기 위해서 그럴 수는 없다.

"나중에 다시 물어보지 뭐."

주혁은 머리가 조금 묵직하다는 걸 느끼면서 틈나는 대로 쉬어야겠다고 생각했다. 하지만 그가 해야 할 일은 무척 많았다. 이제 곧 새로운 작품의 촬영에 들어가야 해서 시나리오도 세심하게 체크해야 했고, 지금 상영하고 있는 작품 관련해서도 일이 많았다.

방송이나 언론에서 연락이 오기도 했다. 그것도 전 세계의 방송이나 언론에서 연락이 오다 보니 그걸 처리하는 것만 해도 상당한 일이었다. 물론 매니저인 장백이가 대부분 처리하기는 했지만, 주혁이 직접 이야기를 나누어야 하는 경우도 꽤 되었다.

어디 그것뿐인가. 회사의 자잘한 일도 제법 있었다. 그리고 그런 일은 주로 김중택 대표나 기재원 대표와 이야기를 나누어서 결정했다.

"예, 좋은 일이죠. 특별히 생각하고 계신 거라도 있으신 건가요?"

―사실은 한류 테마파크를 만들자는 제안이 있었거든. 그런데 그런 걸 만드는 것도 좋지만, 사람들에게 무언가 의미 있는 일을 하는 것도 좋겠다 싶어서.

기재원 대표는 얼마 전에 한 업체로부터 한류 테마파크를 만들자는 제안을 받았다고 했다. 공연 시설부터 각종 기념 시설까지 만들고 여행의 명소로 만들자는 제안이었다고 했다. 한류 열풍을 타고 한국에 오는 관광객이 매년 늘어나고 있으니, 그 점을 노린 거였다.

기재원 대표는 그런 것도 나쁘지 않지만, 이번에 영화 수익금을 가지고 무언가 의미 있는 일을 하면 어떻겠냐고 물어왔다.

―게시판에 여러 사연이 올라오는데, 정말 안타까운 일도 많더라고.

기 대표는 특히 젊은 사람들의 글이 많다고 이야기했다. 워낙 어려운 시기가 아닌가. 정말 앞이 보이지 않는 그런 날을 살아가는 사람이 많았다.

그건 주혁도 느끼고 있었다. 친척 동생들만 해도 장래 문제로 고민이 많았으니까.

영화를 보고서는 힘을 내야겠다고 느낀 사람들도 많았다. 언젠가는 자신에게도 좋은 기회가 오지 않겠느냐면서.

"저도 봐서 잘 알죠. 그런데 딱히 뭘 할 수 있을지는 모르겠어요."

—한번 찾아보자고. 그래도 뭔가 희망을 줄 수 있는 그런 일도 좀 있어야지. 그런 것마저도 없으면 사는 게 너무 힘들잖아.

"저도 뭔가 이거다 싶은 아이디어가 있었으면 좋겠네요."

주혁은 원칙적으로는 찬성했다. 이 영화를 만든 이유 중에는 그런 것도 있었다. 어떤 사람에게도 특별한 기회가 생길 수 있다는 희망을 주는 이야기였으니까.

아직 영화가 한창 상영 중이니 방안을 찾아보기로 했다.

주혁은 기재원 대표다운 의견이라고 생각했다. 그는 회사의 대표라고 하기에는 마음이 너무 따뜻했다. 하지만 주혁은 그런 기재원 대표가 정말 좋았다.

"가만있어 보자, 다음 일정이 뭐였더라?"

주혁은 통화를 마치고 스케줄을 확인했다.

그런데 아직 식지도 않은 핸드폰이 다시 울렸다. 액정을 보니 서준 작가였다. 주혁은 무슨 일인가 싶어서 전화를 받았다.

"안녕하세요, 요즘 굉장히 바쁘다면서요?"

―아이고, 말도 마세요. 여기저기서 얼마나 찾아오는지 정신이 하나도 없네요.

서준 작가는 크게 웃었다. 갑자기 유명인이 되어서 인터뷰도 하고 다음 작품을 부탁하는 일도 줄을 이었다.

―저보다야 주혁 씨가 훨씬 바쁘시죠, 뭐.

"그런데 무슨 일이세요?"

―아, 맞다. 내 정신 좀 봐라. 제가 말이죠.

서준 작가는 이번에 결혼 승낙을 받았다며 쑥스럽게 이야기했다.

"정말요? 이거 축하드려요. 날은 언제로 잡으셨는데요?"

―내년 1월 20일로 잡았어요.

"예? 굉장히 가깝네요? 두 달이 채 남지 않았네요."

서준 작가는 계속해서 쑥스러워하는 투로 이야기를 했다. 주혁은 대충 어떻게 된 사연인지 알 수 있었다. 서준 작가의 상황이 좋아지자 여자 집에서도 결혼을 승낙하는 분위기였고, 둘 사이는 불타올랐던 것이다.

"혼수 준비를 열심히 한 모양이네요. 축하드려요."

―하하, 이거 참 그러네요. 그런데 바쁘실 텐데, 참석하실 수 있겠어요?

"다른 사람도 아니고 서준 작가님 결혼식인데 참가해야죠."

주혁은 통화를 마치고 이번에 한국에 돌아가면 진짜 선을 보아야겠다고 생각했다. 친한 사람의 결혼 소식을 들으니 자신도 이제는 결혼을 해야겠다는 생각이 부쩍 들었던 거였다.

*　　　*　　　*

갑자기 여기저기서 결혼 소식이 들렸다.

학교 동기인 권중범과 두 학번 선배인 양선화가 결혼을 한다고 연락을 해왔다.

둘이 학교에 있을 때 사귀었다가 졸업을 하고 헤어졌다는 소식을 들었는데, 그사이에 다시 만난 모양이었다.

주혁은 진심으로 축하한다고 얘기를 하고는 내년 봄에 있을 결혼식에는 꼭 참석하겠다고 말했다.

그리고 절친인 이지언도 곧 결혼을 할 것 같다고 알려왔다.

"그래? 이야, 축하한다. 그런데 제수씨는 누군데?"

—모델이에요. 전부터 알고 있었는데, 최근에 가까워졌거든요. 형 이번에 한국 들어오면 꼭 봐요. 소개시켜 줄게요.

"그래. 어차피 며칠 있다가 들어갈 예정이니까, 가면 연락할게."

자신이 너무 바빠서 주변 사람들과 조금은 멀어져 있었다는 생각이 들었다. 아무래도 외국에 있는 시간이 많다 보니 그랬던 것 같았다.

통화를 마친 주혁은 서준 작가에 이어서 연달아 이런 소식을 듣게 되자 기분이 싱숭생숭했다.

게다가 요즘 매니저인 장백이와 코디네이터인 윤미도 분위기가 심상치 않아 보였다. 둘이 사귄다는 걸 이제는 숨기지도 않았다.

"아니, 갑자기 이게 무슨 일이지?"

갑자기 주변에서 결혼 이야기가 나오거나 연애를 하는 분위기가 만들어지자 주혁은 부쩍 외로움을 느꼈다. 지금까지는 딱히 그런 감정을 느낀 적이 없었는데, 이번에는 달랐다. 가장 친한 사람들이 줄줄이 그런 소식을 알려오니 생각이 조금 바뀌었다.

"정말 결혼하라는 신호인가?"

안 그래도 생각이 있던 주혁은 정말로 이번에는 좋은 사람을 만나고 싶다는 생각이 들었다. 그동안 주변에서 호감을 보였던 여자가 많기는 했지만, 특별히 마음이 움직이거나 하지는 않았다. 그런데 요즘 같아서는 누군가가 다가오면 마음이 흔들릴 것 같았다.

그리고 정말 때가 되어서 그런지, 아니면 연말이라서 한번 연락을 한 것인지는 모르겠지만, 아는 여자들로부터 갑자기 연락이 많아졌다.

오늘만 해도 그렇다.

오전에는 '커피 프린스'와 '네오하트'에 같이 출연했던 은혜와 민정에게 연락이 왔었고, 조금 전에는 추노에 같이 출연했던 현주에게서 연락이 왔다.

그리고 이지언과 통화를 마치고 나서 곧바로 잘 아는 여자로부터 전화가 왔다. 연예인은 아니었지만 주혁과 가장 가까운 사람 중 한 명이라고 할 수 있는 사람이었다.

"어, 그래. 너도 잘 지내지?"

—그럼요. 아, 진짜 오빠는 보기 너무 힘들다. 중범이하고 선화 언니 결혼식 때는 올 거죠?

학교 동기인 유라의 전화였다. 유라의 목소리가 들리니 미래가 꿍얼거렸다. 유라의 목소리를 알아듣는 모양이었다.

'추위에 바들바들 떨고 있던 미래를 불쌍하다며 데리고 온 게 유라였지.'

예전 학창 시절이 떠올랐다. 저학년 때는 정말 애들과 같이 지낸 시간이 대부분이었다. 그때야 비중 있는 역할을 맡은 것도 아니었으니까. 그 이후에 인기를 얻으면서부터는 사실 학창 시절에 대한 추억이 별로 없었다.

학교에 나갈 시간도 거의 없는데, 무슨 추억이 있겠는가. 그나마 동기들과 지냈던 저학년 때의 기억이 주혁이 가지고 있는 학창 시절 추억의 전부였다.

'유라하고는 같이 영화도 보러 가고 그랬는데.'

무척 밝고 매력 있는 아이였다. 미래를 키우게 된 계기로 사실은 조금 더 가까워질 수도 있었는데 작품을 하면서 바빠져서 흐지부지되었다.

"조금 이따가 한국에 들어갈 거니까 그때 보자."

—정말요? 그래요, 그럼 오게 되면 연락해요, 오빠.

"그래, 알았어."

주혁은 통화를 마치고 선과 글자가 수도 없이 적혀 있는 지저분한 시나리오를 집어 들었다. 곧 촬영에 들어가야 하니 세심하게 준비를 하고 있었다.

하지만 시나리오를 볼 사이도 없이 다시 또 전화가 왔다.

"어, 그래, 지아야. 요즘 방송은 잘하고 있지?"

지아랑은 그래도 종종 연락을 하고 지냈던 터라 특별한 일은 아니었지만, 같은 날 갑자기 여러 명으로부터 연락이 오니 묘한 기분이 되었다.

그리고 지아가 끝이 아니었다. 저녁에는 다른 여자로부터 연락이 왔다.

"리리아, 오랜만이에요."

—바빴나 봐요? 통 연락도 없고 말이에요.

섭섭하다는 감정이 목소리에 여실히 묻어났다. 대부분 리리아가 먼저 연락을 해서 안부를 물어왔었다.

주혁은 살짝 난감함을 느끼면서 대답했다.

"하하, 미안해요. 정말 정신없이 바빠서요. 이번에 차기작 들어가는 것도 있어서 더 그랬어요."

그녀는 다시 촬영장에 오지 않겠느냐고 물었고, 주혁은 시간을 봐서 한번 찾아가겠다고 이야기했다. 스케줄로 보면 내년 초 정도에 잠깐 시간을 낼 수 있을 것 같았다.

"이거 참… 그러고 보면 나도 이제 나이가 30대 중반이네……"

해가 바뀌면 한국 나이로 35세가 된다. 요즘은 다들 결혼이 늦어서 고등학교 동창들 중에는 아직 결혼을 하지 않은 녀석들도 있었지만, 대부분은 이미 결혼을 했다. 빨리 결혼한 녀석 중에는 애가 벌써 초등학교에 들어간다는 녀석도 있었다.

"가정이라……"

주혁은 시나리오를 슬그머니 밀어놓고는 만약에 결혼을 하게 된다면 어떤 여자와 결혼을 하는 게 좋을지 생각해 보았다.

"가능하면 연예인은 아니었으면 좋겠는데."

자신이 배우 생활을 하고 있으니 가정적인 여자가 좋겠다고 생각했다. 하지만 배우 중에서 정말 괜찮은 사람이 있다면 굳이 피할 건 없다.

"저번에 아나운서하고 학교 선생님이라고 했던가?"

나이 차는 서너 살 정도면 좋겠다고 떠올렸지만, 20대 후반까지는 괜찮을 듯싶었다. 주혁의 머릿속으로 그동안 자신의 주변에 있었던 여자들의 모습이 주르륵 떠올랐다. 정말 괜찮고 매력적인 여자들이 많았다.

"일에 미친 사람처럼 살았어. 그렇게 괜찮은 여자들이 주변에 있는데도 연기만 하면서 지냈으니까."

약간은 후회가 되기도 했다. 사실 한창 좋은 시절을 연기만 하면서 보낸 셈이었으니까.

스물일곱 살부터 서른네 살까지면 정말 인생의 황금기라고 할 수 있는 시기다. 일도 일이지만 사랑도 가장 뜨겁고 열렬하게 할 시기.

물론 지금이라고 사랑을 할 수 없는 건 아니다. 하지만 20대나 30대 초반에 하는 사랑과 30대 중반이 넘어서 하는 사랑이 같을 수 있겠는가. 그 나이가 아니면 느낄 수 없는 그런 감정도 있는 것이다.

이제는 풋풋하면서도 열정적인 사랑은 영원히 경험할 수 없을지도 몰랐다. 지금까지는 그런 사실이 아무런 문제가 되지 않았는데, 갑자기 씁쓸한 느낌이 들었다.

연기로 성공을 한 것도 중요한 일이었다. 그리고 의미도 있었고. 대단한 일을 해내기는 했지만, 항상 무언가가 비어 있다는 걸 느꼈었다.

옆에 사람이 없어서 그런 거였다.

그리고 가족마저 없으니 그 빈자리는 더 크게 느껴졌다.

"그래, 이제는 조금 즐기면서 살자. 이제 일은 할 만큼 했
잖아. 그리고 이룰 수 있는 건 거의 다 이뤘고."

주혁은 이번에 한국에 돌아가면 사람들도 만나고 정말 좋
은 사람이 있으면 진지하게 생각해 보자고 다짐했다. 그리고
소개를 해주겠다는 사람들도 만나보기로 했다.

"외삼촌이랑 형수님이 좋아하겠는데?"

그런 생각을 하다 보니 자신도 모르게 가슴이 두근거렸다.
하지만 고개를 휘젓고는 다시 시나리오를 잡았다. 당장은 촬
영을 해야 했으니까.

"그래도 닷새 정도만 하고 나면 올해는 촬영이 없으니까."

주혁이 찍을 분량은 많지 않았다. 그래서 지금 촬영을 하고
나면 내년 초까지는 촬영이 없었다. 1월 말부터는 조금 바빠
질 것인데, 20일에 결혼식에 참석하고 바로 출국하면 될 것
같았다.

그리고 한 달 정도 촬영을 하고는 한 일주일 정도 휴식 기
간이 있었다. 영화 촬영 현장이야 항상 일정이 유동적이기는
하지만, 그 시기는 제작진이 일부러 비워놓았다. 2월 24일에
아카데미상 시상식이 있었기 때문이었다.

다들 주혁이 유력한 수상 후보라는 걸 알고 있어서 그런 거였는데, 비평가들도 이변이 없는 한 주혁의 남우주연상 수상은 당연한 일이라고 이야기하고 있었다.

＊　　＊　　＊

　'가만있어 보자. 오늘이 딱 일주일째인가?'

　주혁은 날짜를 꼽아보았다. 일주일이 맞았다. 보스가 사망하고 상자가 남은 두 개의 상자를 찾기 시작한 지가 7일이 지난 것이다.

　기괴한 분장을 한 주혁이 손가락을 접으면서 중얼거리니 그 자체로도 상당히 괴기스러운 분위기가 풍겼다. 웃고 있는 모습이지만, 고뇌와 슬픔도 묻어 있는 느낌이 들었다. 물론 괴팍하고 기괴한 느낌이 가장 먼저 떠올랐지만.

　"뭘 그렇게 생각해요?"

　"아, 아니에요. 잠깐 날짜를 계산할 게 있어서……."

　주혁은 크리스토퍼가 다가오자 하던 일을 멈추었다. 크리스토퍼는 오늘 연기에 관해서 말을 꺼냈다. 자신이 생각했던 장면과 주혁의 연기 사이에 있는 간극을 주로 이야기했다.

　개중에는 감독인 크리스토퍼가 상상했던 그 이상을 주혁이 뽑아낸 경우도 있었지만, 감독이 생각한 방향과 약간 차이가 있는 경우도 있었다.

아직 촬영 초반이니 당연히 그런 부분은 있을 수밖에 없다. 그래서 서로 대화를 많이 나누어야 한다.

"그런데 참 묘하네요. 분장을 하니까 굉장히 신비로운 느낌이 들어요."

잠시 후에 촬영할 장면을 더 깊이 있게 만들 이야기를 나누다가 갑자기 크리스토퍼가 주혁의 얼굴을 보면서 말을 꺼냈다.

"나는 혹시라도 동양인이라서 조커 분장이 잘 어울리지 않으면 어쩌나 싶었는데, 오히려 아주 독특한 느낌이 드네요. 조커는 조커인데, 깊은 슬픔을 간직하고 있는 게 느껴져요."

그는 광기 어린 표정 사이로 보이는 슬픔을 간직한 눈동자가 너무나도 인상적이라며 감탄을 금치 못했다.

주혁은 쏟아지는 극찬에 민망해서 얼굴이 붉어졌지만, 분장에 가려서 밖으로 드러나지는 않았다.

"저도 마음에 드네요. 다 분장팀이 실력이 좋아서 그런 거죠."

크리스토퍼는 웃으면서 고개를 저었다.

"분장만으로는 나타낼 수 없는 것들이 있어요. 나는 그런 걸 가지고 있는 주혁이 아주 좋아요. 그리고 그렇게 생각하는 건 나만이 아니지요."

그는 오늘 다녀간 할리우드 관계자가 촬영 장면을 보고는 대단히 만족스러워했다고 말했다.

"정말 보고 있으면 미칠 것 같은 연기라고 하더군요. 그러면서 주혁은 선한 역할보다는 악역이 더 잘 어울리고 인상적이라고 했어요."

사실 잠깐 촬영한 장면을 보고 영화 전체를 파악하는 건 무리겠지만, 현장을 보러 왔던 사람들은 모두가 기대가 된다고 이야기했다.

사실 이 영화의 성패는 조커에 달려 있다고 보면 되었다.

그런데 그들이 본 조커는 지금까지 자신들이 보아왔던 조커와 아주 흡사하면서도 무언가 독특한 면이 있었다. 익숙하지만 무언가 신선한 점이 있는 그런 모습과 연기.

사람들은 상당히 인상적이라고 입을 모았다.

"신선하고 엣지 있는 캐릭터가 돋보인다고 평한 사람도 있었어요."

"다 감독님이 캐릭터를 잘 만들어서 그런 거 아닙니까."

"캐릭터를 만든 건 나지만, 거기에 생명력을 불어넣은 건 당신이죠. 그래서 나도 촬영을 하면서 무척 흥미로워요."

주혁은 이러다가는 이야기가 끝나지 않겠다고 생각하고는 재빨리 화제를 돌렸다. 잠시 후 촬영할 부분에 관해서였다.

둘은 기본적으로 이야기가 잘 통했다. 많은 이야기를 하지

않아도 상대가 생각하고 있는 점이나 의도하는 바를 빨리 캐
치했다.

그래서 짧은 시간 이야기를 나누어도 굉장히 많은 부분을
공유할 수 있었다. 사람들은 그런 둘을 무척이나 신기하게 여
겼다.

"알았어요, 이번에는 그 부분을 염두에 두고 해볼게요."

"그래요, 그것만 잘 표현이 되면 바로 오케이를 낼 겁니다.
이번에는 끝내보죠."

주혁은 고개를 끄덕였다. 원하는 게 무엇인지 정확하게 알
아들었고, 그걸 해낼 자신도 있었다. 그리고 이어지는 촬영에
서 주혁은 이야기한 부분을 아주 성공적으로 보여주었다.

"오케이."

스태프들이 박수를 치면서 수고했다며 말을 건넸다.

주혁은 다가가서 영상을 확인했고, 만족스러운 표정을 지
었다. 자신이 생각했던 그대로의 모습이 영상으로 보이고 있
었으니까.

"이제 주혁의 파트는 끝났죠?"

"예. 이제는 내년 1월 말에나 만날 수 있겠네요. 곧바로 한
국에 들어갈 거거든요."

"그렇군요. 그러면 푹 쉬다가 와요."

주혁은 짐을 꾸리고 있는 사람들에게 인사를 하면서 촬영

장에서 빠져나왔다. 그리고 곧바로 공항으로 향했다.

"짐은 다 챙겼지?"

"예, 형님. 윤미하고 다른 사람들이 공항에 먼저 가서 기다리고 있습니다."

주혁은 한국으로 돌아가서 친한 사람들을 만날 생각에 가슴이 설레었다. 이번에는 정말 제대로 쉬면서 사람들과 어울릴 것이라고 생각했다.

*　　　*　　　*

"형, 여기요."

이지언이 손을 크게 휘두르면서 활짝 웃고 있었다. 이런저런 경로를 통해서 연락은 하고 지냈지만, 이렇게 직접 본 것은 반년이 넘은 것 같았다.

주혁은 다가가서 그를 힘차게 부둥켜안았다.

"형, 소개할게요. 제 피앙세예요."

지언은 다소 긴장한 표정으로 앉아 있는 여자를 소개했다.

그녀는 자리에서 일어나서 인사를 했는데, 모델이라 그런지 키가 훤칠했다. 지언과 서 있으니 저절로 선남선녀라는 말이 떠올랐다.

"야, 축하한다. 니가 형보다 먼저 가는구나."

주혁은 인사를 나누고 자리에 앉아서 본격적으로 이야기를 나누었다.

"형도 빨리 가야죠. 이제 삼십 대 중반 아닙니까, 삼십 대 중반."

이지언이 눈웃음을 치면서 농담을 던졌다.

주혁은 입맛을 다시면서 대꾸했다.

"니가 그러는 거 보기 싫어서라도 빨리 가야겠다."

"오, 누구 만나는 사람 있어요?"

"아니, 그런 건 아닌데, 나도 슬슬 생각은 해야지."

지언은 주혁의 말을 듣더니 사뭇 진지한 표정으로 이야기했다.

"형, 내가 아는 사람 소개할까요? 모델 중에 괜찮은 사람 몇 명 있는데."

그는 당장에라도 소개를 해줄 것처럼 이야기했다.

주혁은 선을 보는 것처럼 만나는 건 그렇고 나중에 자연스럽게 자리를 마련하면 빼지는 않겠다고 말했다.

"오, 그래요? 알았어요. 올해 가기 전에 모임이 몇 번 있으니까 그때 형한테도 연락할게요. 형 온다고 하면 다들 난리가 날걸요?"

주혁은 대한민국에서 손꼽히는 신랑감 중 한 명이다. 오히려 너무 유명해서 부담스러운 게 단점이었다. 그것만 제외하면 어느 것 하나 빠지는 게 없었다. 잘생겼지, 능력 있지. 재력도 있었고, 성품도 훌륭했다.

게다가 매력적인 외모와 분위기를 가지고 있었으니 관심을 보이는 여자가 한둘이 아니었다. 할리우드 스타가 되어서 지금은 접근하는 사람이 오히려 줄어들었지만, 그전만 해도 먼저 대시하는 여자들이 제법 있었다.

"그냥 오늘 자리를 만들지 그랬어?"

"형이 이런 생각 가지고 있는 줄 알았으면 그랬죠. 형이 부담스러워할까 봐 오늘은 아는 사람들만 불렀는데……."

지언은 무척이나 아쉬워했다. 오늘은 같이 연기했던 사람들 위주로 자리를 마련했다면서.

"내년 1월 중순까지는 있을 테니까 그사이에 자리 마련해. 나도 이번에는 푹 쉬다가 갈 생각이니까."

"오오, 주혁이 형. 웬일이래? 형이 이러는 거 난 처음 보는 거 같은데?"

"얌마, 나는 무슨 로보트냐? 쉬기도 해야지. 아무튼, 미국에 돌아가기 전까지는 자주 보자."

"저야 좋죠. 제가 그러면 연락할게요."

워낙 막역한 사이라서 스스럼없이 이야기를 나누었는데, 덕분에 지언의 피앙세만 이야기를 듣고 있어야 했다.

주혁은 웃으면서 그녀도 대화에 끌어들였고, 사람들이 오기 전까지 셋이서 유쾌한 시간을 보냈다.

"오빠! 너무한 거 아니에요? 보기가 뭐 이렇게 어려워요?"

은혜가 뾰로통한 표정으로 이야기를 했고, 그 뒤로 커피 프린스에 같이 출연했던 사람들이 잔뜩 서 있었다. 그리고 인사를 미처 다 하기도 전에 사람들이 얼굴을 보면 이름을 댈 수 있을 정도로 유명한 배우들이 우르르 들어왔다.

제법 크기가 있는 카페였는데도 자리가 좁아 보일 정도였다. 통째로 카페를 빌렸기에 망정이지 그렇지 않았다면 무척 곤란할 뻔했다. 테이블을 중앙으로 전부 몰아서 구조가 상당히 이상해 보이기는 했지만, 이렇게 한곳에 모여서 와자지껄한 것도 굉장히 정겹게 느껴졌다.

"주혁아, 한 잔 받아야지."

사람들은 번갈아가면서 주혁에게 잔을 권했고, 주혁은 거절하지 않고 모두 받았다. 맥주였지만, 계속해서 마시다 보니 취기가 제법 올라왔다.

맥주는 무한정 먹을 수 있다는 말 따위는 모두 남자들의 허풍이다. 주혁도 보통 사람들과는 비교할 수 없을 정도로 뛰어난 신체를 가지고 있다. 해독력이나 주량도 일반인보다 훨씬 강하다. 하지만 술에는 장사가 없는 법이다.

"잠시만요, 잠깐 쉬었다가 마실게요. 배가 너무 불러서."

주혁은 손사래를 치면서 자리에서 일어섰다. 그리고 잠시 바깥으로 테라스로 나갔다.

이미 밤이라 하늘은 어두웠지만, 주변은 온통 불빛으로 반짝이고 있었다.

주혁은 비로소 사람 사는 곳에 온 느낌이 들었다. 미국에 있을 때는 친한 사이라고 해도 이런 감정은 느낄 수 없었다.

"좋네, 이런 느낌."

혼자서 차가운 공기를 들이마시고 있었지만, 가슴은 따뜻했다. 자신을 생각하고 반겨주는 사람들의 온기로.

"형, 빨리 와요. 사람들 기다리잖아."

"알았어, 들어갈게."

지언이 주혁에게 어서 들어오라며 재촉했다. 그리고 창문 너머로 많은 사람들의 정겨운 시선이 자신을 쳐다보고 있었다.

*　　　　*　　　　*

"안녕하세요."

"예, 안녕하세요."

귀엽게 생긴 약간 동그란 얼굴의 여자가 인사를 하고는 머리카락을 귀 뒤로 살짝 쓸어 넘겼다.

서교동에 있는 주혁의 카페. 주혁과 여자를 제외하면 형수와 나이가 비슷해 보이는 여자, 그리고 일하고 있는 바리스타만이 카페 안에 있는 사람의 전부였다.

아예 이 자리를 위해서 가게를 잠시 닫은 것이다. 둘이 편히 이야기를 나누라고 형수는 일행을 이끌고 카페의 구석 자리로 가서 앉았다. 그리고 이야기를 나누면서 계속해서 주혁과 여자를 쳐다보았다.

"최예은 씨라고요. 말씀 많이 들었습니다."

"예, 저도요."

예은은 무척이나 수줍어했다. 외향적인 성격은 아니었지만, 그렇다고 이렇게 수줍어하는 성격은 아니었다. 하지만 눈앞에 있는 사람이 강주혁일 때는 문제가 달랐다.

아나운서에 합격하고 첫 출근을 하다가 엘리베이터에서 사장님을 만났을 때보다도 더 떨렸다. 어렸을 때부터 우상이었고, 꿈에 그리던 사람이었으니까.

그래서 한때 배우가 되려고도 했었다. 배우가 되면 주혁을 만날 수 있을 거라고 생각하면서.

주혁도 무척이나 좋은 인상을 받았다. 첫인상이란 무척 중요하다. 첫인상을 바꾸기란 생각보다 어려운 일이다. 계란형의 얼굴에 무척 밝고 선하다는 느낌을 주는 인상이었다.

"인기가 굉장히 많으시던데요? 제가 미국에 있어서 이곳

사정을 잘 몰라서 인터넷에서 찾아보기도 하고 아는 사람들에게 물어보기도 했는데, 정말 깜짝 놀랐습니다."

주혁이야 잘 몰랐지만, 최예은은 얼짱 아나운서로 유명했다. 물론 유명세로만 따지자면 주혁과 비교도 되지 않겠지만 그래도 한국에서 남자들에게 선망의 시선을 받는 여자 중 한 명이었다.

주혁은 굉장히 좋은 여자라는 건 느낄 수 있었다. 처음 보고서 느낀 게 꼭 맞는다고 볼 수는 없지만, 그래도 그런 느낌이 들었다. 착하고 참하다는 생각이 들었다.

하지만 이성적으로는 잘 느껴지지 않았다.

'나이 차이가 좀 있어서 그런가?'

87년생이니 자신과는 여덟 살 차이다. 여자라기보다는 귀여운 동생처럼 느껴졌다.

그리고 아직 나이도 스물일곱. 결혼보다는 한창 활동을 할 나이였다.

물론 결혼을 하고도 일을 할 수는 있었지만, 자신은 결혼 후에는 가정적인 사람을 원했다.

예은은 웃는 모습이 굉장히 예뻤다. 살짝 보조개도 들어가고 눈매도 굉장히 매력적이었다. 아나운서라서 그런지 자기 의견도 또박또박 이야기했는데, 상대를 배려하고 편안하게 하려는 게 보여서 무척 편안했다.

만남은 즐거웠고, 대화도 잘 통했다. 하지만 거기까지였다.

이야기를 마칠 때가 되자 주혁이 먼저 이야기를 꺼냈다. 사실은 몇 차례 더 만나고 결정을 해도 늦지는 않았지만, 자신의 처지가 그렇지를 못했다.

외국에 오래 나가 있어야 하니 확실하게 선을 그어주는 게 좋다고 생각했다.

그래서 차분하게 이야기했다.

"무척 즐거웠습니다."

"저도요. 사실은 어렸을 때부터 팬이었거든요."

"그런가요? 어쩐지 제가 나온 영화를 굉장히 잘 알고 계시더라니. 저는 영화 쪽 공부를 한 줄 알았어요."

주혁은 좋은 분인 건 알겠지만, 그냥 귀여운 여동생같이 느껴진다고 이야기했다.

예은은 처음에는 살짝 실망스러운 빛을 보였지만, 이내 얼굴에서 그런 기색을 지웠다.

"무슨 말씀을 하시려는지 알겠어요. 그래도 지금처럼 편하게 지낼 수는 있는 거겠죠?"

"물론이죠. 저도 환영입니다. 그런데 제가 외국에 있는 시간이 많아서요."

"괜찮아요. 저도 편하게 오빠라고 생각할게요."

예은은 웃으면서 이야기했다. 하지만 속으로는 아직 끝난 게 아니라고 뇌까리고 있었다.

*　　　*　　　*

"어땠어요?"

"그냥 오빠 동생으로 지내기로 했어요."

같이 돌아오는 길에 형수와 이야기를 나누었는데, 대답을 들은 형수는 무척 아쉬워했다. 굉장히 좋은 애라면서.

"왜, 좀 잘해보지. 걔가 그렇게 보여도 속도 깊고 요리도 잘하고 정말 요즘 보기 드문 현모양처감이라니까."

"너무 어린 것 같아서요. 이제 대학교 졸업하고 사회생활 시작한 지 얼마 되지도 않았잖아요. 결혼할 나이가 아닌 것 같아요."

주혁은 친구들 만나서 편하게 놀기 전에 잠깐 쉬어야겠다고 생각했다.

한국에 도착하자마자 짐만 풀고는 바로 이지언을 만났고, 오늘은 선과 소개팅의 중간 정도 되는 만남을 하고는 학교 동기들을 만나기로 약속이 잡혀 있었다.

"여기서 내려 드리면 되죠?"

"잠깐 들어갔다 가요. 차라도 한잔하고."

"괜찮아요, 형수님. 바로 집에 갔다가 어디 가봐야 해서요."

"그러니까 굳이 데려다주지 않아도 된다는데……."

그래도 큰 상관은 없었지만, 그러고 싶지 않았다. 그래도 남은 친척 중에서 가장 가깝다고 할 수 있는 분인데, 이렇게 모셔다드리는 게 당연한 일이라고 생각했다.

"그럼 쉬세요. 예은이하고는 오빠 동생으로 잘 지내기로 했으니까 너무 신경 쓰지 마시고요."

주혁은 못내 아쉬워하는 형수를 보면서 차를 돌렸다. 이종 사촌 형의 집은 일산이라 주혁의 집까지는 별로 걸리지 않았다.

집에 돌아오니 미래가 컹컹거리면서 주혁에게 달려들었다.

"욘석아, 뭘 그리 자꾸 놀아달래?"

집에 돌아오더니 미래의 응석이 더 심해졌다. 주혁만 보면 놀아달라고 보챘다. 하지만 주혁은 그런 미래의 응석이 귀엽기만 했다.

주혁은 미래를 데리고 집 안으로 들어갔다. 어차피 조금 이따 나가려면 샤워도 해야 했으니 같이 껴안고 뒹굴어도 상관없었다.

"그나저나 내일이면 상자를 찾는 게 끝나는 건가?"

시간으로만 따지면 하루 반 정도가 남았다. 반나절 정도는 늦어질 수도 있다고 했으니 이틀 정도면 연락이 올 것이다.

오자마자 시차 적응도 하지 않은 상태에서 술도 마시고 계속해서 움직여서 그런지 조금 피곤한 감이 있었다. 하지만 마음만은 어느 때보다도 편안했다. 지금처럼 일 생각하지 않고 정말 편하게 쉰 적은 이번이 처음인 것 같았다.

"언제였더라. 이렇게 아무 생각도 하지 않고 쉬었던 것이."

아마도 상자를 사용하기 전이었던 것 같았다. 그 후로는 이렇게까지 마음을 푹 놓고 있었던 적은 없었던 듯했다. 적어도 주혁이 기억하기에는 그랬다.

"그러고 보니 벌써 거의 8년이 다 되어가네. 아니지, 시간으로만 따지면 훨씬 더 되는구나."

상자를 처음 사용한 게 2005년 3월 5일이었다. 그러니 내년 3월이 되면 만으로 8년이 되는 것이다. 그리고 그사이에 엄청나게 많은 시간을 경험했다. 그걸 기억하는 건 자신밖에 없기는 했지만.

"오늘따라 좀 피곤한데? 하기야 시차 적응도 하지 않고 달렸으니……."

주혁은 알람을 맞춰놓고 잠을 청했다. 약속 시간까지는 두

어 시간 남았으니 그사이에 자는 잠은 정말 꿀잠일 것이다.

주혁은 곧바로 잠에 빠져들었다.

그리고 주혁이 잠에 빠져들었을 시각, 공항에는 굉장히 몸이 불편해 보이는 외국인 한 명이 입국하고 있었다. 그사이에 부쩍 나이를 먹은 듯한 알란이었다.

"이제 내 수명도 거의 끝나가는데……."

알란은 다른 사람에게는 들리지 않을 정도의 목소리로 중얼거리고는 공항을 빠져나갔다. 그리고 자신을 마중 나온 사람의 부축을 받으면서 자동차에 올라탔다.

"내가 시킨 일은?"

"얘기하신 대로 해놓았습니다."

알란은 고개를 끄덕였다. 그리고 나지막하게 중얼거렸다.

"이제 모든 게 끝나겠구만."

*   *   *

정말 꿀 같은 휴식이었다. 자고 일어났더니 몸이 그렇게 개운할 수가 없었다. 삼림욕을 한 것같이 정신이 맑고 깨끗했고, 몸에도 기운이 넘쳤다.

주혁은 약속 장소로 가기 위해서 샤워를 했다.

연말인 데다가 그동안 자주 사람들을 만날 기회가 없어서 약속이 줄지어 있었다.

그리고 주혁도 한국에 들어오기 전부터 연락을 해서 적극적으로 약속을 잡았다. 이번에는 정말 그동안 보지 못했던 사람들을 모두 만나겠다는 마음가짐으로.

그래서 오늘도 많은 사람들을 만나기로 약속이 되어 있었다. 동기들을 만나고 나중에 소영이와 소민이를 비롯한 아토엔터테인먼트 식구들도 보기로 했다. 약속 장소는 신촌이었다. 학교가 그쪽이었으니 약속 장소는 항상 학교 근처였다.

주혁으로서는 좋은 일. 집에서 그다지 멀지 않아서 선글라스에 모자를 쓰고는 약속 장소까지 슬슬 걸어갔다. 주혁이 나타나면 번잡해질 수도 있어서 방이 있는 곳을 빌려놓았다.

주혁이 도착하니 결혼을 앞둔 선화와 중범이가 먼저 와 있었다.

"어이, 아저씨. 오랜만이야?"

선화가 털털한 목소리로 인사를 했다. 그녀의 목소리를 들으니 다시 학창 시절로 돌아간 듯한 느낌이 들었다. 저렇게 자신을 부르는 걸 들어본 건 정말 오랜만이었다. 모두가 서로를 바라보면서 활짝 웃고 있었다.

별다른 말은 하지 않았지만, 서로에 대해서 어떻게 느끼고 있는지 알 수 있었다.

주혁은 웃으면서 안으로 들어가서 둘과 가볍게 포옹을 했다. 중범은 다행스럽게도 이번에 은행에 취직했다고 이야기했다.

"다행이네. 요즘 난리도 아니던데."

"운이 좋았어요. 요즘은 스펙이 장난이 아니에요. 같이 면접 본 사람 중에 하버드 나온 사람도 있었다니까요."

문제는 문제였다. 대학교를 제때 졸업하는 사람들이 별로 없었다. 절반 정도는 졸업을 늦추고 학교를 더 다니고 있다는 기사를 본 적이 있었다. 주혁이야 그런 게 피부에 와 닿지는 않았지만, 중범이는 얼마 전까지만 해도 그게 바로 자신의 이야기였다.

"형은 이번에 조커 한다면서요. 키야, 죽이겠다. 형이 하는 조커도 정말 끝내줄 것 같아요. 개봉하면 꼭 볼게요."

"너무 기대는 하지 말고. 워낙 이미지가 강해서 쉽지 않을 거야."

"그것도 그거지만 요즘 형 영화 때문에 아주 난리예요. 벌써 천만 명 넘었잖아요."

주혁도 이야기를 들어서 알고 있었다. 미국에서도 흥행 성적이 좋아지고 있었지만, 한국에서는 열풍이 사그라질 기미가 보이지 않고 있었다. 게다가 연말이 가까워져 오면서 가족들끼리 볼 수 있는 영화로 안성맞춤이어서 인기는 계속 이어질 것으로 보였다.

"사람들이 그러는데 천오백만도 가능할 것 같다던데요?"

"그거야 봐야 알지. 이제 볼 만한 사람들은 대부분 봤을 테니까 전처럼 폭발적으로 관객 수가 나오지는 않을 거야."

말은 그렇게 했지만, 주혁은 자신이 생각한 것보다 기세가 대단하다는 걸 실감하고 있었다. 수치로 보면 아직 기세가 꺾이지 않았다. 그러니 아바타가 기록한 최다 관객 수는 갈아치울 수 있을 것으로 보였다.

그리고 그보다 훨씬 흥행이 이어질 수도 있었다. 조심스럽게 2천만 명이라는 숫자를 이야기하는 사람도 있었다. 주혁은 그건 불가능할 것이라고 생각했고, 그런 수치가 나와서도 안 된다고 생각했다.

우리나라 인구가 몇 명인데 2천만 명이라는 숫자가 나올 수 있단 말인가. 지금과 같은 수치가 나오는 것도 사회가 너무 어지럽고 살기가 어려워서 그런 것이었다. 이 세상에는 정말 기댈 수 있는 구석이 없으니 다른 것에서 그런 걸 대신 찾는 거였다.

얼마나 서글픈 일인가. 이 세상에서는 희망을 찾을 수 없어서 영화에서 그걸 찾는다니. 주혁은 잠깐 그런 생각을 하다가 바로 머리에서 지워 버렸다. 오늘만큼은 이런 생각은 하고 싶지 않았다.

"애들은 조금 늦는 모양이네? 먼저 한잔할까?"

"아저씨도 이제 몸 생각해야지. 언제까지 청춘일 것 같아? 그러다가 한 방에 혹 갈 수 있으니까 술 적당히 마시라고."

선화가 주혁을 노려보면서 이야기했다. 말은 주혁에게 했지만, 중범에게 술 많이 마시지 말라는 이야기였다.

중범은 한잔하자는 말에 냉큼 잔을 들었다가 선화의 눈치를 보면서 슬그머니 내려놓고 있었다.

"넌 결혼할 애가 말투가 그게 뭐냐? 그런데 니들은 언제 다시 만난 거야?"

"아, 그거요? 그게 어떻게 된 거냐 하면요오옷~"

중범이가 헤벌쭉 웃으면서 이야기를 하려다가 갑자기 괴성을 질렀다. 선화가 지그시 중범을 노려보고 있었는데, 아마도 탁자 아래에 있는 그녀의 손이 중범의 허벅지나 옆구리에 가 있을 것이다.

이야기는 듣지 않았지만, 선화가 먼저 만나자고 해서 다시 사귄 듯했다. 하기야 이제 곧 결혼할 사이인데 어떻게 다시 만난 게 무에 그리 중요하겠는가.

주혁은 피식 웃으면서 사람들 올 시간이 되었으니 음식이나 주문하자고 이야기했다.

"오빠! 우와, 정말 오랜만이다. 오빠는 어떻게 하나도 안 변했어요?"

유라가 수정이와 같이 들어오면서 호들갑을 떨었다.

주혁은 둘과도 살포시 포옹을 했다. 학교 친구들이 이렇게 모이는 것도 정말 오랜만인 듯했다.

곧이어 정훈이와 정훈이의 동생인 정한이도 도착했고, 승효가 가장 늦게 왔다.

정한이는 원래 멤버는 아니지만, 주혁이 없는 사이에 다른 사람들과는 술자리를 가끔 해서 자리에 오게 되었다. 물론 정한이는 이따가 아토 식구들을 만날 때 연예인들을 보겠다는 속셈이 더 강했지만.

"자, 한잔하자고."

중범이가 맥주를 채운 잔을 들었다. 쨍하는 맑은 소리, 하얀 거품, 거기에 따뜻한 웃음이 더해졌다. 서로 지내온 이야기를 풀어놓았는데, 끝을 모르고 이어졌다.

왜 이런 자리를 진작 가지지 못했을까 하는 후회가 들었다. 정말 소중한 건 이런 것인데 말이다. 하는 일도 다르고 사회에서의 인지도도 모두 달랐지만, 이 자리에서만큼은 모두가 똑같았다. 같은 강의실에서 같이 시간을 보냈던 사이라는 것만 중요했다.

'그나저나 세월이 많이 흘렀다는 게 느껴지긴 하네.'

선화도 졸업하기 전까지는 앳되다는 느낌이 강했는데, 이제는 어린 티는 찾아볼 수 없었다. 동기들은 주혁과 여섯 살

차이이니 지금 스물여덟이다. 내년이 되어도 스물아홉. 젊음의 향기를 물씬 풍기는 시기가 아닌가.

하지만 그렇게 어리게 보였던 애들이 이제는 정말로 어른이 된 것으로 보이니 만감이 교차했다. 그동안 그렇게 시간이 많이 흘렀구나 하는 생각도 들었고, 예전에 느꼈던 그런 감정은 이제는 느낄 수 없겠구나 하는 생각도 들었다.

유라와 수정이는 정말 미모가 만개한 것 같았다. 수정이는 청초한 백합 같은 분위기였고, 유라는 붉은 장미 같은 느낌이었다. 선화는 노란 들국화 같은 느낌이었고.

"야, 오랜만에 만나서 그런지 시간 정말 빨리 가는 것 같다."

시간은 정말 순식간에 흘러갔다. 만난 지 얼마 되지도 않은 것 같았는데, 벌써 헤어질 시간이 되었다. 수정이도 늦게 다닐 입장이 아니었고, 중범과 선화도 다른 약속이 있었다. 그래서 오늘은 여기서 마무리하기로 했다.

"그럼 다음에 보자고. 올해 가기 전에 날 잡아서 보든가, 아니면 내년 초에 시간 맞춰 보자."

주혁은 1월 말에 출국하기 전까지는 시간이 있으니 몇 번 더 만나자고 말했다. 사람들 모두 좋아하면서 찬성했다.

"그러면 같이 나가자. 가야 하는 사람은 가고, 나머지는 자리 옮기고."

주혁의 말에 가장 기뻐하는 사람은 정한이였다. 어렸을 때부터 연예인을 그렇게 좋아하더니, 아직도 여전한 것 같았다.

주혁은 회사에서 잡아놓은 장소로 이동했다. 아예 커다란 카페를 통째로 빌렸는데, 회사 부근에 있어서 그리 멀지 않았다.

"벌써 시작했을 것 같은데?"

"그래요? 그럼 빨리 가요."

주혁의 얘기에 정한이가 몸이 달았다.

주혁은 웃으면서 어서 가자고 일행을 재촉했다. 술을 많이 마신 건 아니라서 서늘한 겨울바람을 맞으니 취기가 모두 날아가 버렸다.

허연 입김이 공중에 나타났다 사라지기를 반복하다 보니 어느새 목적지에 도착해 있었다. 입구에 있던 회사 직원이 인사를 하더니 안에서 다들 기다리고 있다는 입 모양과 손짓을 했다. 아마도 담배를 피우러 나왔었던 듯 윗도리도 걸치지 않고 있었는데, 추워서인지 아니면 안에 알리려고 그랬는지 후다닥 안으로 들어갔다.

"오빠다."

주혁 일행이 들어가자 가장 먼저 반긴 건 소영이었다. 두 손을 번쩍 들고는 깡충깡충 뛰면서 달려왔다.

기재원 대표를 비롯한 사람들이 일거에 몰려들어서 카페

입구가 갑자기 북적였다.

"자, 자. 일단 자리로 가죠. 오늘은 시간 많으니까 걱정하지 마세요. 여기 있는 사람들하고 전부 얘기할 작정으로 왔으니까요."

사람들이 환호를 질렀다. 주혁은 먼저 기재원 대표하고 잠깐 이야기를 나누고는 사람들을 차례차례 찾아갔다. 가장 먼저 일찍 가봐야 하는 아이들부터 시작했다. 이제는 아역이라고 부르기 어려울 정도로 부쩍 커버린 아이들부터.

아까 동기들을 만났을 때도 세월이 많이 흘렀다는 걸 느꼈는데, 지금은 그런 걸 훨씬 더 잘 알 수 있었다. 정말 아장아장 걸어 다니던 아이들이 숙녀티가 부쩍 났으니까.

"할리우드에서는 말이지."

하지만 아직 아이들은 아이들이었다. 주혁의 이야기에 초롱초롱 눈빛을 빛내면서 정신없이 빠져들었다. 아이들이 가고 나서도 주혁의 주변에는 사람들이 계속 있었다. 때로는 주혁이 돌아다니면서 이야기하기도 했고. 가장 신이 난 건 정한이였다. 정말 연예인을 원 없이 보았으니까.

주혁은 이런 날만 계속되었으면 좋겠다고 생각했다. 물론 매일같이 이런 날이 계속된다면 즐거움이 무뎌질 것이다. 그런 걸 알지만, 그래도 지금 이 순간이 정말 즐거웠다.

*　　　　*　　　　*

　　"이제 슬슬 연락이 올 때가 된 것 같은데."

　　새벽에 집에 들어온 주혁은 비틀거리면서 방으로 들어왔
다. 적당히 먹으려고 했지만, 기분 좋게 마시다 보니 조금 과
음을 하게 되었다.

　　이제 상자가 결과를 알려줄 때가 되었다. 그러면 준비를 해
서 그 장소로 가서 상자를 찾으면 된다. 어디에 숨겨놓았을지
도 조금 궁금하기는 했다.

　　분명히 햄튼에 있는 저택에는 없었으니까 어딘가에 숨겨
놓았을 것이다. 하기야 로저 페이튼도 상자를 숨길 다른 장소
를 가지고 있지 않았던가.

　　"가기 어려운 곳이나 그러면 골치 아픈데."

　　기상천외한 곳에 숨겨놓아서 시간이 오래 걸린다면 상당
히 귀찮을 수 있었다. 그런 생각을 하면서 주혁은 상자가 들
어 있는 금고를 열어보았다.

　　오자마자 열어볼까 했지만, 친구들을 만나느라 아직 열어
보지 않았다.

　　주혁은 생체 정보를 입력하고 금고를 열었다. 안에는 상자
가 먼지 하나 없이 그대로 들어 있었다.

　　주혁은 혹시라도 잘못 건드렸다가는 지금까지 작업한 것

이 무위로 돌아갈지도 모른다고 생각하면서 조심스럽게 문을 닫았다. 다 된 밥에 코를 빠뜨릴 수야 없지 않은가.

주혁은 금고를 닫고는 잠을 청했다. 베개에 고개가 떨어지자마자 잠이 들었는데, 요란한 벨 소리에 잠이 깼다. 핸드폰이 울리는 소리였다. 시간은 모르겠지만, 아직도 밖이 훤하지 않은 것으로 보아 새벽인 것 같았다.

"누구지?"

핸드폰을 보니 일곱 시가 되기 직전이었다. 이른 시간이었지만, 전화를 하지 못할 정도의 시간도 아니었다. 그리고 연락을 한 건 기재원 대표였다.

"대표님, 이렇게 이른 시간에 무슨 일이세요? 피곤하지도 않으세요?"

주혁보다는 일찍 들어갔지만, 기재원 대표도 12시가 넘어서 집에 들어갔다. 술도 제법 마셨으니 아직 잠을 잘 시간이었다.

―일어났네? 역시 자네라면 일어났을 줄 알았지. 그 체력 정말 부러워.

"벨 소리에 깬 거예요. 근데 무슨 일인데요?"

주혁은 하품을 하면서 몸을 일으켰다. 그런데 기재원 대표의 말을 듣고는 정신이 번쩍 들었다.

―자네, 이태영이라고 알지? 할리우드에 진출한 배우 있잖

아. 예전에 자네하고 내기했던 그 녀석 말이야. 그 사람한테 연락이 왔어. 급하게 연락을 해달라고.

"이태영이요? 그 사람이 뭐라고 하는데요?"

주혁은 자리에서 번쩍 일어섰다.

—오늘 만났으면 하던데? 긴히 할 이야기가 있다면서. 그래서 전해주겠다고 했지.

"언제 만나자는데요? 연락처는요?"

주혁은 다급한 목소리로 물어보았다. 기재원 대표는 조금 의아하다는 생각을 하면서도 자신이 들은 걸 모두 말해주었다.

—점심이나 하자던데? 번호는 내가 자네 핸드폰으로 찍어줄게.

주혁은 통화를 마치고 방 안을 서성였다.

'맞아, 이태영이 있었어. 그런데 왜 지금까지 이태영을 까맣게 잊어먹고 있었지?'

보스의 수하 중 한 명이 이태영이었다. 그런데 지금까지 그를 전혀 생각지도 못하고 있었다. 상황이 끝났다고 생각해서 그런 것인지, 다른 이유가 있는 것인지는 알 수가 없었다.

"그리고 왜 만나자고 한 거지?"

무슨 이유에서 지금 만나자고 한 건지는 모르겠지만, 어쩐지 찝찝하다는 생각이 들었다. 하지만 오히려 잘된 일일 수도 있었다.

"그래, 지금이라도 만나서 확인할 게 있으면 확인하면 되겠지."

주혁은 만나면 그의 기억을 자세히 살펴야겠다고 생각했다.

CHAPTER **80**
이상한 일

'나를 왜 만나자고 한 것일까?'

　주혁은 그 점이 궁금했다. 자신 같으면 절대로 만나자고 할 것 같지 않았으니까. 이태영을 만나기로 한 곳은 남양주에 있는 종합 촬영소. 가는 데까지는 한 시간은 족히 걸릴 테니 생각을 할 시간은 충분했다.

　장소도 큰 문제가 될 만한 곳은 아니었다. 둘 다 배우이니 그곳에 가는 게 이상할 것 없는 장소였고, 항상 사람들로 북적대는 곳이니 무슨 수작을 부릴 수도 없을 테니까.

　'오히려 겁을 먹은 건가?'

주혁이 자신을 어떻게 할지도 모른다는 생각에 그런 장소를 고른 것이 아닌가 싶었다. 사람들이 북적대는 곳이라면 주혁도 자신을 함부로 하기는 어려울 것이라는 생각에서 골랐다고 생각하면 아귀가 맞았다.

하지만 그거야 자신의 생각일 뿐. 상대가 어떤 속셈을 가지고 있는지는 알 수 없다. 그래서 지금도 주혁은 경호원들과 함께 움직였다. 이태영을 데리고 오기 위해서였다.

상자를 모두 얻으면 상황이 끝나기는 하지만, 마지막 순간까지 방심을 해서는 안 된다. 그래서 모든 상황이 마무리될 때까지 이태영을 안전한 장소에 있게 할 생각이었다.

'지금이 가장 중요한 순간이야. 이런 때일수록 확실하게 일을 처리해야지.'

무언가 찝찝했다. 상황이 어처구니없을 정도로 허무하게 끝나가는 것도 그랬고, 이런 미묘한 시기에 이태영에게 연락이 온 것도 그랬다.

물론 이태영은 주혁이 조만간 상자의 위치를 파악할 것이라는 사실을 모르고 연락을 했을 것이다. 그가 주혁과 상자 간의 대화를 알 수 있을 리 만무했으니까.

하지만 주혁은 조심에 조심을 거듭했다. 그리고 여러모로 따져 보아도 특별한 문제는 없을 듯했다.

'내가 이태영이었다면 어떻게 행동했을까? 상대를 찾아갈 생각을 했을까?

생각을 여러 번 해보았지만, 자신이 이태영과 같은 처지라면 그러지 않았을 것 같았다. 어차피 서로 적이라는 걸 뻔히 알고 있다. 그리고 자신이 세도우나 오드아이를 어떻게 다루었는지도 뻔히 알고 있을 터. 그러니 오히려 상대를 피했을 것 같았다.

세도우와 오드아이는 지금 모처에 감금되어 있다. 그들의 능력으로는 죽었다가 깨나도 빠져나올 수 없는 그런 장소에. 그리고 이태영도 잡히면 비슷한 처지가 되리라는 걸 알고 있을 것이다.

그러니 지금과 같이 상대가 자신을 찾을 생각도 하지 않는다면 정말 쥐 죽은 듯 조용히 살아갈 것 같았다. 자신의 안전이 확실해질 때까지.

'그런데도 나를 찾아왔다? 그건 일단 자신이 안전하리라 생각을 했기 때문이겠지?'

당연한 일이다. 그런 생각이 없었다면 모습을 드러내지 않았을 것이다. 어쩔 수 없이 모습을 드러내도 최대한 자신과는 거리를 두려 할 것이고. 멀리 외국에서 활동을 한다거나 하면서 말이다.

'거래를 할 게 있다? 아냐, 딱히 거래를 제안할 만한 거리가 없어.'

그리고 만약 무언가를 가지고 거래를 할 생각이었으면 먼저 이야기를 했을 것이다. 이렇게 무작정 만나자고 할 게 아니라. 사실 거래를 할 만한 것도 없기는 하겠지만. 상자가 이제 모두 자신의 수중에 떨어지는데 거래를 할 게 뭐가 있겠는가.

아무래도 화해를 하러 온 거라는 생각이 들었다. 이제 이태영은 끈 떨어진 연 신세였다. 주혁과의 관계를 개선하지 않고서는 쉽게 모습을 드러내기도 어려운 상태. 그러니 어떻게든 관계를 회복하겠다는 생각으로 만나자고 청한 것일 수 있다.

'그래, 그렇게 생각하는 게 가장 타당성이 있겠어.'

이제 보스도 죽고 주혁을 위협할 수 있는 게 사실상 없으니 자신은 봐달라고 이야기하기 위해서 온 거라면 이해가 되었다.

하기야 이태영은 주혁에게 딱히 해가 될 만한 행동을 한 것도 없지 않은가.

'그러고 보니 이태영은 딱히 악행을 한 것도 없네?'

지금까지 보스에게서 무슨 능력을 받았는지는 모르겠지만, 대외적으로는 영화 촬영만 했다. 비록 조연이기는 했지만, 할리우드에서 활발하게 활동했다. 그러니 특별한 일이 아니라면 이태영은 이대로 활동하게 해주어도 좋겠다는 생각이 들었다.

"잘못이 없다면 굳이 험하게 다룰 필요는 없겠지."

"예? 뭐라고 하셨습니까?"

주혁의 중얼거림에 경호 책임자가 즉각 반응했다.

"아닙니다. 특별한 이야기 아니니까 신경 쓰지 않아도 됩니다."

"예, 알겠습니다."

경호 책임자는 바짝 긴장을 하고 있었다. 평소에는 가능하면 경호를 떼놓고 다니려는 주혁이 오늘따라 경호를 직접 요청하니 무슨 일인가 싶었다. 하지만 별다르게 경호가 필요한 상황은 아니라고 보였다.

남양주 종합 촬영소에 가는 일인데 무슨 경호가 필요하겠는가. 특별히 행사가 있는 것도 아니고, 일반인이 많이 몰리는 장소도 아니라 문제가 없어 보였다. 그런데도 경호를 요청했다? 그렇다면 그건 한 가지였다.

'테스트를 하는 거겠지. 제대로 경호를 하는지 보고 싶은 거야.'

가끔 고객들은 이런 식으로 체크하기도 한다. 그럴 때는 보통 경호 인력의 교체를 생각할 때가 많다. 무언가 불만이 있거나 다른 이유로 교체를 생각하면서 마지막으로 확인을 하는 단계일 수도 있다.

'이 자리를 놓칠 수는 없지.'

지금 동행하고 있는 인력들은 주혁의 사설 경호팀이나 마찬가지였다. 주혁에게 고용되어 최측근에서 경호를 하는 그런 업무를 하는 자들이었다. 대우가 다른 경호 업무를 하는 사람들에 비해서 엄청나게 좋았다.

주혁의 경호를 그만두게 된다면 아마도 다시는 이런 대우를 받으면서 일할 수는 없을 것이다. 그러니 무슨 일이 있더라도 쫓겨나는 일만은 없어야겠다고 경호 책임자는 생각하고 있었다.

'이제 애가 고등학교에 들어갔어. 앞으로 돈 들어갈 일 천지인데 이런 자리를 그만둘 수는 없지.'

경호 책임자는 오늘 확실한 경호를 보여주어서 주혁의 마음을 흡족하게 하겠다고 다짐했다. 그리고 이런 이야기를 다른 경호원들에게도 미리 해주었다. 혹시라도 이런 분위기를 제대로 파악하지 못하고 초를 치는 녀석이 있으면 곤란하니까.

경호 책임자는 다른 경호원들과 눈빛을 교환했다. 경호원들은 다른 때보다도 더욱 긴장을 하면서 각 잡힌 모습을 보여주었다.

하지만 주혁은 온통 이태영에 관한 생각으로 가득해서 그런 모습에는 신경을 쓰지 않았다.

주혁은 사정을 볼 것도 없이 일단 기억부터 싹 뒤지겠다고 다짐했다. 일을 복잡하게 만들 이유가 없었다. 혹시라도 다른 마음을 품고 있었다면 그에 따른 대가를 치르게 해줄 것이고, 정말 화해를 하러 온 거라면 너그럽게 받아줄 것이다.

물론 상자를 모두 찾을 때까지는 자신의 시야에 머무르게 할 것이다. 활동을 하도록 자유롭게 놓아주는 건 그 이후가 될 것이다.

'설마하니 다른 속셈이 있는 건 아니겠지?'

세도우나 오드아이도 주혁의 상대가 되지 않는데, 설마하니 이태영이 무언가 수작을 부리리라고는 생각하기 어려웠다.

"만나보면 알겠지."

주혁의 말에 경호 책임자가 즉각 반응했다.

"특별히 신경 써야 할 인물이라도 있습니까. 이야기를 해주시면 저희가 알아보고 조처를 하겠습니다."

"아닙니다. 그럴 일이 있으면 이야기를 하죠."

"예, 알겠습니다."

주혁은 오늘따라 경호원들이 기합이 잔뜩 들어가 있다는 생각이 들었다.

'오랜만에 경호원들하고 같이 움직여서 그런 건가?'

무슨 일인지는 모르겠지만, 경호원들이 일을 제대로 하는 것 같아서 듬직하고 기분은 좋았다. 자기가 맡은 일을 열심히 하는 것이야말로 가장 보기 좋은 모습 아니던가. 주혁은 종종 경호원들하고 움직이는 것도 나쁘지 않겠다는 생각을 했다.

＊　　　＊　　　＊

약속한 장소에 도착했지만, 이태영은 보이지 않았다. 만나기로 한 장소는 민속 마을 세트. 주혁은 경호원들과 천천히 주변을 돌아보았다. 오늘도 촬영이 있는지 촬영 장비가 보였고, 사람들이 바쁘게 움직였다.

영화 취화선을 위해서 만들어진 민속 마을 세트. 주혁은 세트 근처를 세세히 살폈다.

스태프들이 간혹 주혁 일행을 쳐다보기는 했지만, 이내 자기 일에 열중했다.

주혁은 평소처럼 선글라스와 간단한 소품으로 얼굴을 가리고 있어서 아무도 그인지 알아보지 못했다.

그리고 혹시라도 눈에 너무 띌 수도 있어서 경호원들도 모두 간편한 복장을 하고 있었다. 아마도 경호원이라기보다는 어디 무술팀이라고 생각하기 쉬울 것이다. 그래서 다른 사람들이 주혁 일행에게 큰 관심을 두지 않았다.

게다가 경호원들이 오늘따라 주혁의 지시를 잘 수행했다. 경호원이라는 티를 전혀 내지 않으면서 주혁의 주변을 경호

하고 있었다. 평소에도 실력이 있는 자들만 모아놓은 팀이라서 믿음직했는데, 오늘 행동하는 걸 보니 확실히 잘 뽑았다는 생각이 들었다.

하지만 그런 것보다 이태영이 중요했는데, 약속 시간이 지났지만, 어디에도 그의 모습은 보이지 않았다.

'어디에 있는 거냐.'

주혁은 아무리 둘러보아도 이태영이 보이지 않자 전화를 걸었다. 전화벨 소리가 몇 차례 들리다가 통화가 연결되었다.

"오랜만이군요. 이렇게 통화를 하는 건 아마도 몇 년 만이지 싶은데요."

─그렇죠. 전에 내기를 한 거 관련해서 통화를 하고는 이번이 처음이니까요.

이태영의 목소리는 생각 외로 차분했다. 모든 걸 내려놓아서 그런 것일까? 목소리를 들으니 주혁은 빨리 그를 만나고 싶었다.

"그런데 약속 장소에 도착했는데, 보이지가 않는군요. 지금 어디에 있습니까?"

─아, 지금 그쪽으로 가고 있습니다. 걸어가는 데 시간이 생각보다 오래 걸리는군요. 아마도 5분 안으로 도착할 것 같습니다.

주혁은 통화를 마치고는 이태영이 오고 있다고 이야기한

방향으로 고개를 돌렸다. 정말 멀리서 남자 한 명이 천천히 걸어오고 있는 게 보였다.

주혁도 그가 오는 방향으로 천천히 걸음을 옮겼다. 이 근처에는 사람이 많아서 아무래도 이야기를 나누기가 불편할 수 있다는 생각에서였다. 둘이 마주 보고 다가가니 거리가 좁혀지는 건 금방이었다.

주혁은 적당한 거리가 되자 곧바로 능력을 사용했다. 굳이 얼굴을 맞대고 이야기를 나눌 필요가 있겠는가. 그동안 무엇을 했는지, 지금 어떤 생각을 가지고 있는지 기억을 살피면 되는 것을.

주혁은 정신을 집중했고, 시간이 점점 천천히 흐르기 시작했다. 하지만 주혁은 걸음을 멈추었다. 시간이 점점 천천히 흐르다가 다시 정상으로 돌아왔기 때문이었다. 주혁은 당황스러워서 어떻게 반응해야 할지 갈피를 잡지 못했다.

'뭐지? 왜 시간이 멈추지 않는 거지?'

분명히 능력을 사용했다고 생각했는데, 변화가 일어나려다가 말았다. 마치 기술이 취소된 것처럼. 주혁이 걸음을 멈추자 경호원들도 같이 멈추었는데, 이태영은 아무런 표정의 변화도 없이 계속해서 주혁을 향해서 걸어오고 있었다.

'설마 이태영이?'

주혁은 이태영이 기술을 취소시키는 능력을 가지고 있는

게 아닌가 싶었다. 주혁은 호흡을 가다듬어서 마음을 진정시켰다. 어차피 어떻게 된 건지 알아보려면 다시 기술을 사용해 보아야 했다.

주혁은 다시 정신을 집중했다. 그러자 점점 시간이 느려졌다. 그리고 이태영을 주목하면서 어떤 변화가 일어나는지 눈을 부릅뜨고 살폈다. 하지만 이번에는 별다른 일이 일어나지 않았다. 시간은 점점 느려졌고, 이내 세상이 완전히 멈추었다.

이태영은 자신을 향해 걸어오다가 한쪽 발을 든 채로 공중에 굳어 있었고, 모든 것들이 공간에 박힌 것처럼 굳어 있었다.

'아까는 내가 무슨 실수를 한 거였나?

이상하다는 느낌은 들었지만, 지금이라도 능력이 제대로 발휘되었으니 다행이라고 생각했다. 주혁의 눈에서 환한 빛이 뻗어 나가서 이태영의 머리를 향해 날아갔다.

주혁은 다행이라고 생각하면서 한숨을 내쉬었다. 혹시나 이태영이 어떤 능력을 가지고 있더라도 그것이 무엇인지 알아내기만 하면 어떻게든 대처를 할 수 있으니까. 그만큼 정보의 위력은 대단한 것이다.

주혁은 가장 먼저 아까 있었던 것이 이태영의 능력인지, 아니면 자신의 실수인지 확인해야겠다고 생각했다. 빛은 이태영의 머리를 감싸기 시작했다.

'자, 보자. 어떤 능력이 있는지. 그리고 그동안 뭘 했는지.'

주혁은 서서히 빛을 이태영의 머릿속으로 밀어 넣었다. 그런데 그 순간 이태영의 머리가 조금 움직이는 것같이 보였다. 그러자 머릿속으로 들어갔던 빛이 밖으로 흘러나왔다. 처음 겪는 이상한 상황에 주혁은 몹시 당황했다.

'뭐지? 오늘따라 왜 이렇게 이상한 일이 자꾸 일어나는 거지?'

하지만 변한 건 없었다. 주혁은 정신을 다시 집중하고 다시 이태영의 기억을 보기 위해서 작업을 시작했다. 머릿속으로 빛이 조금씩 들어갔다. 저항은 거의 느껴지지 않았다. 조금만 더 하면 기억을 확실하게 볼 수 있을 것 같았다.

하지만 그다음 순간 주혁은 소스라치게 놀랐다. 이태영의 고개가 살짝 돌아가면서 주혁을 쳐다보았다. 그러고는 씩 웃으면서 입을 열었다.

"내 기억은 봐서 뭐하게?"

"커억!"

살면서 지금처럼 놀랐던 적은 없었던 것 같았다. 공포 영화를 보면서도 지금처럼 소스라치게 놀란 적은 없었다. 게다가 공포는 그게 끝이 아니었다. 이제 시작이었다.

이태영은 몸을 부르르 떨더니 고개를 이리저리 움직였다.

빠르게는 아니고 아주 천천히 움직였지만, 그것만으로도 충분히 공포가 느껴지는 광경이었다. 게다가 움직이는 부위가 점점 아래로 내려왔다.

어깨와 팔이 움직이더니 허리와 다리까지 움직이게 되었다. 그러고는 자신을 노려보더니 천천히 자신에게 걸어왔다.

"뭐야, 어떻게 움직일 수가 있는 거지?"

심장이 덜컥 내려앉더니 미친 듯이 펌프질을 해댔다. 시간이 멈추어 있으니까 그런 느낌이 들었다고 하는 게 정확하겠지만, 그런 걸 생각할 경황이 없었다.

세상이 멈추어 있다고 생각하고 있었는데, 적이 자신에게 다가오고 있었다. 그런 상황에서 다른 생각이 나겠는가. 머릿속이 정말 하얗게 변했다. 너무나도 뜻밖의 상황인 데다가 공포감에 질려 있어서 어떤 생각도 떠오르지 않았다.

저절로 몸이 뒤로 움직였다. 본능적으로 피해야겠다는 생각이 들어서 그랬을 것이다. 그리고 생각만이 아니라 정말로 몸이 뒤로 살짝 움직였다.

"어?"

몸이 움직이자 주혁은 자기도 모르게 소리를 질렀다. 지금 상황도 이해할 수가 없었다. 시간이 멈추었는데 어떻게 자신은 움직일 수 있는 걸까 하는 생각이 들었다. 그러자 이태영이 움직이고 있는 것도 말이 되지 않는다는 생각이 떠올랐다.

그래서 주변을 둘러보았다.

다른 건 모두 똑같았다. 자신이 능력을 사용했던 다른 때와 똑같이 모든 것이 정지해 있었다. 사람들만 그런 것이 아니라 바람에 흔들리는 나뭇잎까지도 보이는 모든 것이 한 장의 사진 같았다.

움직이고 있는 것이라고는 자신을 향해서 섬뜩한 표정을 한 채 다가오고 있는 이태영과 자신뿐이었다. 주혁은 이 상황을 어떻게 받아들여야 하는지 갈피를 잡을 수 없었다. 그러는 사이에도 몸은 조금씩 뒤로 움직였다.

'이상해. 말이 되지 않아. 지금 이태영이나 나나 이렇게 움직인다는 건 거의 빛의 속도로 움직인다는 건데……'

전에 텍사스에서 빛이 천천히 내려오는 걸 본 적이 있었다. 속도로만 치자면 지금 이태영이 움직이는 게 그 속도와 비슷할 것이다.

'빛의 속도로 움직인다?'

있을 수도 없는 일이다. 물론 상자의 힘이라는 게 상식적이지 않은 것이기는 하지만, 그래도 이건 아니었다. 그렇지만 그렇다고 가만히 있을 수는 없었다. 주혁도 있는 힘껏 움직이기 시작했다.

그러자 몸이 조금씩 움직이기 시작했다. 얼추 이태영이 움직이는 속도와 거의 비슷한 정도로 움직여졌다. 그래서 일단

거리를 유지하면서 생각을 해보기로 했다.

움직이는 건 꼭 물속 깊은 곳에서 움직이는 것 같았다. 생각 같아서는 빠르게 움직일 수 있을 것 같은데 무언가가 몸을 꽉 잡고 있는 것 같아서 움직이기가 무척이나 어려웠다. 그리고 힘도 들었고.

조금 움직였는데도 벌써 힘들다는 느낌이 들었다. 거리로는 오 미터도 되지 않을 것이다. 그런데 체감상으로는 백 미터를 전력으로 달린 느낌 그 이상이었다.

물속을 허우적거리는 느낌이라서 숨이 가빠왔고, 얼굴은 시뻘게졌다. 온몸에 힘줄이 돋아났고, 심장이 목구멍에서 펄떡거리는 느낌이었다. 주혁은 슬쩍 뒤를 돌아다보았는데, 이태영도 비슷한 몰골을 하고는 자신에게 다가오기 위해서 안간힘을 쓰고 있었다.

그런데 그렇게 움직이다 퍼뜩 든 생각이 있었다.

'가만, 내가 지금 굳이 이렇게 피할 이유가 있나?'

주혁은 정신없이 움직이고 있다가 문득 굳이 이럴 필요가 있나 하는 생각이 들었다. 능력을 멈추고 경호원들을 활용하면 간단하게 해결될 일인데 말이다. 어처구니가 없어서 웃음이 나왔다.

'어지간히 당황했나 보네. 이런 간단한 생각도 하지 못하고.'

당황하게 되면 생각이 잘 나지 않는 법이기는 했지만, 이건 좀 심하다는 생각이 들었다. 마치 자기가 아니라 다른 사람 같았다.

주혁은 곧바로 움직임을 멈추고는 정신을 집중했다.

하지만 아무런 변화도 일어나지 않았다. 주혁은 계속해서 멈추기 위해서 시도를 했지만, 아무런 느낌도 없었다. 특별한 소리가 들리거나 그런 건 아니었다. 하지만 분명히 능력이 사용되고 멈추는 건 알 수 있었다.

능력을 사용했을 때는 분명히 그 느낌이 있었다. 하지만 지금 멈추려고 하니 아무것도 느껴지지 않았다. 당황해서 서둘러서 그런가 싶어서 몇 번을 더 시도해 보았지만, 마찬가지였다. 그리고 그사이에 이태영은 점점 자신에게 가까이 다가오고 있었다.

"이런, 젠장."

주혁은 일단 움직였다. 숨이 가쁘고 나발이고를 따질 여유가 없었다. 일단 무조건 이태영에게서 멀어져야겠다는 생각만 있었다. 그나마 다행인 것은 이태영도 똑같은 상황이라는 거였다. 얼굴이 시뻘겋게 달아올랐고, 힘줄이 여기저기 튀어나와 있었다.

눈알도 툭 튀어나온 것이 잘못하면 밖으로 떨어질 것처럼 보였다.

주혁은 그 모습이 더욱 괴기스럽게 느껴져서 힘을 주어 움직였다. 한 발이라도 이태영에게서 멀어지기 위해서.

"허억, 허억."

몸에서 힘이 점점 빠졌다. 뒤를 돌아다보면 이태영도 거칠게 숨을 몰아쉬고 있었다. 쓰러지지 않는 게 신기할 정도의 모습이었다. 그리고 아마도 자신도 이태영과 비슷한 몰골일 것이다.

'그냥 붙어서 싸워볼까?'

너무 힘들어서 그런 생각마저 들었다. 하지만 본능적으로 지금은 이태영에게서 멀어져야 한다고 느꼈다. 그에게 잡히면 분명히 무언가 좋지 않은 일이 생길 것 같다는 느낌이 들었다.

거리는 아주 조금씩이지만 가까워졌다. 정말 미칠 지경이었다. 시간이 현실의 시간으로 얼마가 흘렀는지는 모르겠다. 대충 한 시간이 조금 넘지 않았나 싶기는 한데, 그냥 생각이라서 정확하지는 않을 것이다.

그 시간을 움직이기 힘든 상황에서 계속해서 달렸으니 지치는 게 당연했다. 하지만 이태영은 곧 폭발할 것 같은 시뻘건 얼굴에 안구가 튀어나올 것 같은 모습을 하고도 계속해서 자신을 쫓아왔다.

그리고 속도도 느려지지 않았다. 자신은 점점 지쳐서 속도가 조금씩 느려졌고. 당연히 거리가 좁혀지기 시작했다. 정말 미치고 팔짝 뛸 지경이었다. 어떻게든 자신의 능력을 멈추고 싶었지만, 여전히 아무런 변화도 없었다.

드디어 이태영과의 거리가 대략 이 미터 정도로 좁혀졌다. 뒤에서 훅훅대는 이태영의 숨소리가 느껴질 정도였다. 숨결이 자신의 몸에 닿는 것 같아서 온몸에 소름이 돋았다. 그리고 그가 손만 뻗으면 자신을 잡을 것 같아서 죽을힘을 다해 움직였다.

그렇게 필사적으로 쫓아오는 사람과 죽을힘을 다해 도망치는 사람 간의 레이스는 계속 이어졌다.

더욱 주혁을 미치도록 하는 건 정말 모든 힘을 다하고 있는데도 거리가 아주 조금씩 가까워지고 있다는 점이었다.

'씨발, 그냥 싸우자. 이대로 가면 어차피 잡힐 테니까 그냥 시원하게 싸우자.'

그런 생각을 하고는 뒤로 돌았다.

그러자 바로 눈앞에 이태영이 다가오고 있었다. 피부가 원래 붉은색이었던 것처럼 온통 붉은색으로 칠해진 피부에 안구는 터질 것같이 밖으로 튀어나와 있었다.

더 이상 흉측하기 어려운 몰골이었다. 주혁은 이를 악물고 주먹을 쥐었다. 그리고 이태영을 향해서 주먹을 뻗었다. 아주 천천히 팔이 올라가기 시작했다. 이태영도 주혁의 행동에 반응을 했다.

그는 주혁의 팔을 쳐 내고 반대편 주먹을 주혁을 향해 뻗고 있었다. 그리고 주혁의 주먹과 그걸 막으려는 이태영의 손이 닿으려는 순간. 갑자기 세상이 멈추었다.

이번에는 정말로 모든 것이 멈추어 있었다. 오로지 움직이는 건 주혁의 시야에 보이는 숫자판밖에는 없었다.

'저건 또 뭐지?'

주혁은 자신의 시야에 보이는 숫자판을 바라보면서 어리둥절한 느낌이었다. 저런 건 처음 보는 거였다. 그런데 가만히 보니까 어디선가 본 듯하기도 했다.

'아, 상자의 숫자판과 약간 비슷한 것 같은데?'

숫자판은 두 개였는데 천천히 돌아가고 있었다. 그리고 그 속도가 점점 느려졌다. 마치 동전을 돌리고 레버를 당겼을 때와 비슷해 보였다. 그리고 숫자판은 점점 느려지다가 하나가 먼저 멈추었다.

'삼.'

그리고 옆에 있는 숫자판도 서서히 멈추었다.

'칠.'

숫자가 완전히 멈추자 허공에 떠 있던 숫자판에서 빛이 나오기 시작했다. 그리고 엄청난 빛이 뿜어지더니 갑자기 허공에 있던 판이 산산이 부서졌다.

부서진 판은 빛의 가루가 되어 세상에 흩어졌는데, 판이 부서진 순간부터 변화가 일어나기 시작했다. 시간이 거꾸로 흐르기 시작한 거였다.

주혁과 이태영이 움직인 것부터 거꾸로 움직였다. 자신의 의지와는 아무런 상관이 없었다. 영상을 거꾸로 돌려서 보는 것같이 둘은 움직였다. 허우적거리면서 거꾸로 움직이는 자신을 보는 것도 무척이나 기괴한 경험이었다.

계속해서 시간은 거꾸로 흘렀다. 둘이 움직이기 시작한 지점까지 돌아갔고, 이태영의 머리를 감싸던 빛이 다시 주혁의 눈으로 돌아왔다. 그러고도 계속해서 시간은 뒤로 흘렀다.

속도가 점점 빨라졌다. 뒤로 흐르는 속도가 빨라져서 이제는 광경이 웃기게 보였다. 민속 마을 세트에서 서성거리던 주혁은 거꾸로 움직여서 자동차 안으로 들어갔고, 차가 거꾸로 움직였다. 그 속도는 점점 빨라지고 세상이 온통 밝아지기 시작했다.

그리고 엄청난 섬광이 터졌다.

파앗!

*   *   *

주혁은 정신을 차려보니 차 안이었다. 밖을 보니 남양주 종합 촬영소로 향하고 있다는 사실을 알 수 있었다. 조금 전에 지나왔던 바로 그 길이었으니까.

"촬영소까지는 얼마나 걸리지?"

주혁은 다급한 목소리로 물었다. 차 안에 있던 사람들이 모두 화들짝 놀랐다. 갑자기 큰소리로 물었기 때문이었다.

운전을 하던 경호원이 잠깐 내비게이션을 보더니 대답했다.

"음, 대략 15분에서 20분 정도 걸릴 것 같습니다."

경호 책임자가 갑자기 무슨 일인지 몰라 주혁을 쳐다보고 있었다.

"갑자기 무슨 일이십니까?"

주혁은 대답하지 않고 생각에 잠겼다.

'여기서 15분에서 20분 정도. 도착에서 촬영장을 둘러본 게 대충 15분 정도였나? 그리고 이태영에게 전화를 하고 다가가다가 능력을 사용했지.'

대충 삼십 분에서 사십 분 정도 시간이라고 생각이 되었다.

'숫자판이 시간이었나?'

숫자판에 나타난 37이라는 숫자는 거꾸로 되돌린 시간인 듯싶었다. 누가 그랬는지는 모른다. 하지만 자신이 한 건 아니었다.

"돌아갑시다."

"예?"

"돌아가자니까요."

주혁은 목소리에 살짝 짜증이 묻어났다. 경호원들은 영문을 몰라 하면서도 차를 돌렸다.

주혁은 지금 무언가가 벌어지고 있다는 걸 느꼈다.

'꿈? 아니야. 분명히 뭔가가 있어.'

꿈은 절대로 아니었다. 너무나도 생생했다.

'예지몽 같은 건가?'

그럴 수도 있었다. 앞으로 벌어질 일을 본 것일 수도 있었다. 그게 아니라 다른 어떤 힘이 작용을 한 것일 수도 있고. 무엇이든 간에 지금 이태영을 만나면 안 되겠다고 판단했다.

"집으로 갑시다. 가능하면 빨리."

"알겠습니다."

운전을 하던 경호원이 속도를 높였다. 자동차는 속도를 높여 앞으로 질주했다. 그리고 중간에 그 자동차를 보고 있는 노인이 있었다.

"다행이군. 내가 본 미래와는 달라졌어."

그는 한숨을 내쉬었다.

"하지만 아직은 안심할 수 없지."

알란은 부축을 받으면서 자동차에 올랐다. 그리고 가쁜 숨을 몰아쉬면서 중얼거렸다.

"주혁이 알아야 할 텐데. 자신이 상대해야 하는 사람이 아직 죽은 게 아니라는 걸."

알란은 자동차에 앉아서 지그시 눈을 감고 있었다. 자신이 살 수 있는 시간이 얼마 남지 않았다는 걸 잘 알고 있는 그였기에 하루라도 빨리 이 일이 마무리가 되기를 바랐다. 하지만 아직은 어떻게 마무리가 될지 알 수 없는 상황.

'아직은 안심하기에는 일러.'

알란이 아주 예전에 보았던 광경은 주혁이 이태영에게 붙잡혀서 고전을 하는 장면이었다. 이태영도 주혁을 쉽게 제압하지는 못했다. 처음에는 주혁이 당황해서 제 실력을 선보이지를 못했는데, 점차 제정신으로 돌아오자 상황이 조금씩 바뀌었다.

그러다가 멈추었던 시간이 풀리고 주혁과 이태영은 사람들이 없는 곳으로 가서 다시 겨루기 시작했다. 경호원들은 무용지물이었다. 이태영이 그들의 정신을 제압했으니까. 어차피 둘이 결판을 내야 할 상황이었다. 그리고 결투는 며칠 동안 계속되었다.

'일단 한고비는 넘겼지만, 아직은 불안 요소가 너무 많아. 주혁은 상황을 아직 제대로 파악하지 못하고 있으니까.'

하지만 스스로 깨달아야 한다. 자신이 정보를 주지 않는 건 다 이유가 있어서였다. 정보를 주는 것이 오히려 나쁘게 작용하기 때문이었다. 누군가의 도움을 받아서 넘길 수 있는 고비도 있지만, 반드시 스스로의 힘으로 헤쳐 나가야 하는 고비도 있는 법이다.

지금이 바로 그랬다. 이 상황은 주혁 스스로의 힘으로 이겨내야 한다. 알란이 할 수 있는 건 작은 도움 정도만 가능하다. 그래서 고민이 되었다.

자신이 미래를 볼 수 있는 건 한 번뿐이었다. 그 능력을 지금 사용해야 할지, 아니면 조금 더 기다렸다가 더 결정적인 순간에 사용해야 할지 판단을 해야 했다.

굉장히 어려운 선택이었다. 자신의 선택에 따라서 결과가 바뀔 수도 있었으니까. 그래서 쉽사리 결정을 내리지 못하고 계속해서 고민했다. 고민은 한 시간이 지나고 두 시간이 지날 때까지도 계속되었다.

'그래, 지금이 가장 중요한 고비야. 터닝 포인트가 될 만한 타이밍은 지금밖에는 없다.'

더 늦으면 알면서도 당할 수 있다고 생각되었다. 그러니 무언가 변화를 주려면 바로 지금이라고 판단했다. 자신의 판단이 잘못된 것일 수도 있다. 하지만 알란은 지금 미래를 보기로 마음먹었다.

"잠시 조용히 있고 싶군."

"알겠습니다."

운전석에 앉은 남자는 대답만 하고는 입을 다물었다. 원체 말수가 많은 사람이 아닌 데다가 저런 이야기까지 들었으니, 알란이 먼저 무슨 말을 하기 전까지는 조용히 있을 것이다.

알란은 그런 남자를 잠시 보다가 등을 기대고 눈을 감았다. 그리고 정신을 한곳으로 모았다. 이제는 나이가 들어서 기력이 많이 없어서인지 예전처럼 미래를 보는 일이 쉽지만은 않았다. 하지만 반드시 해야 하는 일이었다.

자신을 위해서도, 그리고 자신의 아이를 위해서도. 알란의 표정이 살짝 일그러졌고, 미간에는 주름이 생겼다.

같은 시각, 주혁은 자신의 집에 도착했다. 그는 곧장 안으로 들어가서 상자가 무사한지 확인했다. 어쩐지 불안한 생각이 들어서였다.

여러 단계에 걸쳐 주혁의 생체 정보를 확인한 후에 금고의 문은 열렸다. 그리고 그 안에는 상자가 그대로 있었다.

"하아, 다행이야."

주혁은 안도의 한숨을 내쉬었다. 그리고 조심스럽게 문을 닫았다. 상자가 무사한 걸 보니 마음이 놓여서 순간적으로 다리의 힘이 풀렸다. 제자리에 털썩 주저앉은 주혁은 조금 전에 있었던 일을 떠올렸다.

"혹시 내가 너무 예민하게 반응하는 건가?"

사실 이태영을 맞상대하더라도 자신이 불리하지는 않을 거라는 생각이 들었다. 그런데 아까 있었던 그 기묘한 일은 어떻게 된 것인지가 궁금했다.

'이태영이 가진 특수한 능력인가?'

아마도 그럴 것이다. 주혁은 하나하나 따져 보기 시작했다.

"내가 능력을 사용하는 걸 무력화시켰지."

처음에는 분명히 자신의 능력을 방해했다. 그건 이해할 수가 있었다. 그런데 그다음에 벌어진 일이 도대체 어떤 능력인지 알 수 없었다.

"시간이 멈춘 상황에서도 움직일 수 있는 능력? 아니야. 그건 아니지. 나까지 움직일 수가 있었어. 무언가 다른 능력일 거야."

도무지 감이 오지 않았다. 어떤 능력인지를 알아야 대처를 할 텐데 알 수가 없으니 답답하기만 했다. 상자와 대화를 나눌 수 있다면 조금이나마 덜 답답할 텐데, 그럴 수도 없는 상황이라서 더욱 짜증이 났다.

"가만. 내가 너무 심각하게 생각하는 거 아닌가? 사실 별거 아닌 능력일 수도 있는 거잖아."

생각해 보면 특별할 것도 없는 거였다. 자신의 능력이 먹히지 않는 것뿐이지 상대도 자신에게 타격을 줄 수는 없다. 이미 반탄의 능력이 50%가 훌쩍 넘어서 어떤 공격을 하더라도 상대가 더 큰 손해를 입게 된다.

그런 생각을 하니 자신이 너무 놀라서 제대로 판단을 내리지 못했다는 생각이 들었다.

그런데 아까는 정말 무서웠다. 고개를 갑자기 들면서 '내 기억은 봐서 뭐하게?' 라고 말하는 순간 심장이 떨어지는 줄 알았다. 다시는 그런 모습은 보고 싶지 않았다.

"그래, 어차피 기억을 볼 수도 없는 거. 그 능력은 사용하지 말아야겠다."

사실 이태영이 그렇게 위협적인 존재는 아니라는 생각이 들었다. 혹시나 다른 특별한 능력이 있는 건 아닐까 생각해 보았지만, 그럴 것 같지는 않았다. 별다른 능력이 있었더라면 그전에 사용을 했을 테니까.

주혁이 당황해서 제대로 반응하지 못하고 있을 때였다. 정말 절호의 기회였다. 만약 자신이었다면 모든 능력을 총동원해서라도 끝장을 냈을 것이다. 그러니 어떤 능력인지는 모르겠지만, 이태영이 보여준 능력이 그가 가지고 있는 전부일 것이라는 생각이 들었다.

"그래. 세도우나 오드아이도 한 가지 능력을 가지고 있었잖아. 로저 페이튼도 그랬고. 그러니 이태영도 그렇다고 보는 게 맞겠지."

오히려 그 세 명보다도 훨씬 이후에 능력을 갖게 된 이태영이었다. 그러니 앞선 자들보다 강하기는 쉽지 않을 것이다.

그리고 다른 것보다 이제 곧 상자의 탐색이 마무리가 될 것이다. 원래대로라면 지금쯤이면 말을 걸어와야 할 것인데, 반나절 정도는 늦을 수도 있다고 했으니 길어야 반나절 정도 후면 모든 것이 끝날 것이다.

주혁은 그때까지 이태영을 만나지 않을 생각이었다. 아니, 상자를 모두 찾을 때까지 굳이 만날 필요가 없었다.

"그래. 상자의 위치를 확인하면 바로 찾으러 이동하는 거야. 그리고 상자를 모두 찾을 때까지는 위험하거나 수상한 일에 말려들지 말자."

안전 위주로 생각해서 너무 움츠러드는 게 아닌가 하는 생각도 들었지만, 그래도 그렇게 하기로 결정했다.

*　　　*　　　*

경호원들에게 누구도 안으로 들이지 말라고 이야기를 해 놓고는 주혁은 안에서 상자가 말을 걸어오기를 기다렸다. 하지만 시간은 좀처럼 흘러가지 않았다. 한참을 기다린 것 같았는데, 시계를 보면 몇 분밖에 지나지 않았다.

조금 전에 이태영으로부터 전화가 왔지만, 받지 않았다. 딱히 할 말도 없었고, 공연히 말려들 소지도 있었으니까. 아까 이상한 일을 겪고 난 이후로 이태영은 피하고 싶었다. 어쩐지 그를 만나면 일이 꼬일 것 같다는 생각이 들어서였다.

"빨리 가라. 그래서 상자가 어디에 있는지 알 수 있게."

주혁은 시간이 빨리 흘러가라고 중얼거렸다. 하지만 초조하게 기다릴수록 시간은 더디게 흐르는 듯했다. 하지만 아주 느리기는 했지만, 시간은 계속 흘렀다. 그렇게 가지 않을 것 같던 시간이 흐르던 어느 순간, 상자가 말을 걸어왔다.

[이봐.]

[어, 그래. 어떻게 되었지? 찾았나?]

[찾았다.]

주혁은 날아갈 것 같은 기분이었다. 드디어 상자의 행방을 알 수 있게 되었다.

주혁은 잠시도 지체하지 않고 되물었다.

[어디지? 어디에 상자가 있는 거지?]

[상자 두 개는 LA에 있다.]

[LA?]

그러고 보니 저번에 주혁이 있는데도 보스가 LA와 왔던 게 생각났다.

"로저 페이튼이 죽고 난 이후에 자금 관련 일 때문에 왔다고 생각하고 있었는데, 그것만은 아니었나 보네."

하기야 자신이 있다는 걸 뻔히 알면서도 그곳에 왔을 때는 무언가 중요한 일이 있어서 그랬을 것이다. 자금이 중요하기는 했지만, 그런 이유로 위험을 자초했다는 게 이상했는데, 상자가 LA에 있는 거라면 모든 게 이해가 되었다.

주혁은 상자가 있는 위치를 물었고, 정확하게 어디에 있는지 대답을 들었다. 어디에 상자가 있는지 알게 되었으니 이제 상자를 가져오는 일만 남았다.

"됐어. 이제 모든 게 끝나는 거야."

주혁은 곧바로 비행기 편을 알아보았다. 하지만 지금 탈 수 있는 비행기 편은 없었고, 내일이나 되어야 표가 있었다.

주혁은 가장 빨리 출발하는 비행기를 예약했다.

그런데 막 예약을 마쳤을 때, 밖에서 소리가 들렸다. 경호원이 할 이야기가 있다고 하는 소리였다.

주혁은 현관문을 열었다. 미래가 놀러 가는 줄 알았는지 꼬리를 흔들면서 따라왔지만, 주혁이 나가는 게 아니라는 걸 알고는 실망했는지 제자리에 털썩 누웠다.

"무슨 일입니까?"

"어떤 분이 찾아왔습니다. 꼭 전해야 할 물건이 있다면서요."

"그래요? 어떤 물건이죠?"

"이거였습니다."

경호원은 봉투를 내밀었다.

"내용은 살펴보지 않았고, 혹시나 무슨 이상한 게 있는지만 살펴보았습니다. 이상은 없었습니다. 그냥 평범한 종이였습니다."

"그래요? 알겠습니다."

주혁은 편지를 가지고 안으로 들어와서 살펴보았다. 하지만 종이를 펼쳤을 때, 무척이나 놀랐다. 아주 익숙한 필체였기 때문이었다.

"알란?"

이상하다는 생각이 들었다. 분명히 전에 보낸 편지가 마지막이라고 했는데, 새로운 편지가 도착했으니까.

주혁은 재빨리 밖으로 나갔다. 주혁이 갑자기 뛰어 나오자 경호원이 무슨 일인가 싶어서 다가왔다.

"이걸 가지고 온 사람은 어디 있습니까?"

"그것만 전달하고는 차를 타고 가버렸습니다."

"그래요? 흠, 혹시 어떻게 생겼던가요? 외국인 아니었나요?"

경호원은 잠시 생각을 하다가 대답했다.

"외국인은 아니었습니다. 40대 초반 정도로 보이는 남자였고, 한국인인 것 같았습니다. 외모나 말투나 그런 걸로 봐서는 그리 보였습니다. 그리고 무척 건장한 체격에 저희와 비슷한 일을 하는 사람처럼 느껴졌습니다."

그렇다면 알란은 아니라는 말이었다.

"혹시 차량 번호는 알아냈나요?"

"예, 혹시 몰라서 적어두긴 했습니다만… 무슨 일이신
지……."

주혁은 차량 번호를 조회해서 누구의 차량인지 좀 알아봐
달라고 부탁했다. 그리고 안으로 들어와서 편지를 읽었다. 편
지에는 별다른 말이 적혀 있지는 않았다. 짧은 문장만 있었
다.

"여자를 만나라?"

무슨 여자를 만나라는 것인지 알 수 없었다. 그런데 도대체
어떤 여자를 만나라는 것인지 궁금해할 적에 주혁의 핸드폰
으로 전화가 왔다.

—오빠, 왔으면 연락을 하지.

지아의 전화였다. 주혁은 그 순간 직감할 수 있었다. 알란
이 만나라고 한 여자가 바로 지아라는 사실을.

"어, 미안. 안 그래도 연락하려고 했어. 잘 지내지?"

—오빠, 내일 시간 돼요? 우리 함 봐야지.

"내일?"

주혁은 고민이 되었다. 상자를 찾으러 바로 LA로 날아가고
싶었는데, 알란이 보낸 쪽지가 마음에 걸렸던 것이다.

─왜요? 내일은 시간 없어요? 그러면 그다음 날도 괜찮아
요.

주혁은 어떻게 할까 망설였다. 그러다가 알란의 쪽지에 적
힌 대로 하기로 결정했다.

"아냐, 괜찮아. 내일 언제 볼까?"

─전 아무 때나 괜찮아요. 내일하고 모레는 녹화가 없어서
자유.

"그래? 그러면 점심때 보자."

주혁은 지아와 내일 점심때 만나기로 약속을 잡았다. 아침
일찍 보고 싶었지만, 차마 그럴 수는 없었다. 그래서 지아와
만난 후에 바로 LA로 날아가야겠다고 생각했다.

"그래. 뭐 반나절 정도 늦어진다고 해서 큰 문제가 생기거
나 그러지는 않겠지."

주혁은 이제 모든 것이 끝나리라 생각하면서도 왜 알란이
지아를 만나라고 한 것인지 궁금했다.

                    *   *   *

주혁은 밤을 거의 뜬눈으로 지새웠다. 여러 가지 생각으로
머릿속이 아주 복잡했다. 상황이 이상하게 돌아가는 것 같아
서 마음이 조급했고, 어쩐지 불안했다.

지아와의 약속은 12시에 했는데, 주혁은 약속 시각 한 시간도 전에 도착해서 그녀를 기다리고 있었다.

"오빠! 일찍 왔네?"

지아가 살짝 놀라면서 말했다. 11시 40분 정도에 도착해서는 자신이 먼저 왔겠거니 했는데, 주혁이 있는 걸 보았으니까.

주혁은 약간 어색한 표정으로 지아를 맞았다.

"무슨 일 있어요?"

"응? 아니야."

"오빠, 얼굴이 좀 이상해요. 어디 아픈 사람 같아."

주혁은 카페 유리창에 비친 자신의 얼굴을 보았다. 확실히 조금 이상하게 보였다. 핏기도 없어서 다소 창백하게 보였고, 눈도 퀭해 보였다. 평소에 항상 생기가 넘쳤던 주혁의 얼굴과는 완전히 딴판이었다.

주혁은 상당히 놀랐지만, 어제부터 계속해서 힘든 일을 겪어서 그럴 것으로 생각했다. 그래서 대수롭지 않다는 듯 이야기했다.

"좀 피곤해서 그런가 봐. 오자마자 계속해서 사람들 만나고 그랬더니……."

"연말이라 약속도 많을 텐데 몸 좀 챙겨요. 그래도 스타라는 사람이 얼굴이 그게 뭐예요?"

지아는 가볍게 타박을 주었다. 그러고는 기운이라도 차리게 다른 거 먹으러 나가자고 주혁을 잡아끌었다.

"나가기는 무슨. 그냥 여기서 먹지."

"이런 데서 먹을 게 뭐가 있어요. 그래도 피곤할 때는 뜨끈한 국물 있는 거나 고기 같은 거 먹어야 기운이 나죠. 파스타나 빵 같은 거 먹어서 기운이 나겠어요?"

주혁은 결국 지아가 이끄는 대로 밖으로 끌려 나갔다.

지아가 그를 데리고 간 곳은 근처에 있는 곰탕집이었다. 세월의 흔적이 묻어나는 가게였는데, 들어가는 입구 옆에 커다란 가마솥이 인상적이었다.

뚜껑이 살짝 열려 있었는데, 팔팔 끓고 있는 국물이 보였다. 그리고 아주 구수한 냄새가 풍겼다. 이곳에 오기 전까지는 그다지 식욕이 없었는데, 그걸 보니 자신도 모르게 침이 꼴깍 넘어갔다.

"여기 괜찮아요. 저도 가끔 오는데, 반찬도 집에서 먹는 것 같으니까 오빠도 좋아할 거예요."

주혁도 내심 기대를 하면서 자리에 앉았다. 아직 12시가 되기 전인데도 사람들이 제법 있었다. 둘은 가장 구석진 곳에 자리를 잡았다.

김이 모락모락 나는 곰탕과 함께 부드러운 수육이 나왔다.

주혁은 뭐하러 그렇게 많이 시키느냐고 했지만, 지아는 남기면 자기가 싸 갈 테니 부담 갖지 말고 먹으라고 이야기했다.

그렇게까지 나오니 주혁도 할 말이 없었다.

음식은 맛있었다. 주인이 음식 솜씨가 있다는 게 느껴졌다. 곰탕은 간이 잘 맞았고, 반찬도 손맛이 느껴졌다. 화려한 음식은 아니었지만, 만든 사람의 정성이 느껴지는 그런 음식이었다. 그래서 마치 어머니가 예전에 해주었던 음식을 먹는 듯한 기분이 들었다.

"오빠, 무슨 땀을 그렇게 흘려요? 원래 땀을 이렇게 많이 흘렸었나?"

"땀이 많은 편은 아닌데 이상하네."

뜨거운 걸 먹어서인지 계속해서 땀이 흘렀다. 그저 얼굴에 땀이 맺히는 정도라면 모르겠는데, 줄줄 흐를 정도여서 계속해서 땀을 훔쳐야 했다.

"오빠 몸이 좋지 않아서 그런 거라니까. 술 마시지 말고 며칠 쉬어요. 그러다가 탈 나겠어요."

"그런가? 바로 미국을 좀 다녀와야 하는데, 왔다 갔다 하면서 좀 쉬어야겠다."

"급한 거 아니면 좀 미뤄요. 왔다 갔다 하는 것만 해도 얼마나 피곤한데."

"미룰 수는 없는 거라서. 그래도 술은 마시지 않을 테니까

그편이 더 나을걸?'

지아는 못 말리겠다는 표정으로 살짝 웃었다. 그렇게 계속 해서 땀을 닦아내면서 음식을 비웠다. 곰탕도 모두 먹었고, 수육도 거의 다 먹었다. 워낙 맛이 좋아서 손이 계속 갔다.

그렇게 땀을 흘리면서 식사를 마치고 나니 정말 개운하고 기운이 나는 것 같은 기분이 들었다.

"이야, 이제 좀 살 것 같다."

"맛있죠? 그러니까 먹는 게 중요하다니까요."

주혁은 계산까지 먼저 한 지아에게 고맙다고 말했다.

"덕분에 정말 잘 먹었다. 커피는 내가 살게."

원래는 식사만 하고 헤어질까도 생각했는데, 그럴 수 없게 되어버렸다. 이렇게까지 자신에게 신경을 써주는 사람을 어 떻게 그냥 가라고 할 수 있단 말인가. 그래서 차를 마시면서 이야기를 나누었다.

아까보다 컨디션이 좋아져서 그런지 주혁은 표정도 밝아 졌고, 말도 기운차게 했다.

둘은 주로 하는 일에 관해서 이야기를 나누었다.

"이번에 작품 하는 건 어때요?"

"부담이 커. 워낙 유명한 캐릭터니까. 하지만 기왕 하기로 한 거니까 잘해봐야지."

지아는 주혁의 표정을 보면서 미소 지었다. 주혁이 한 말과는 달리 표정에서는 자신감이 느껴졌으니까. 부담이나 불안감 같은 건 주혁의 얼굴에서 보이지 않았다. 주혁도 이야기하면서 점점 마음이 편해지는 걸 느꼈다.

"너는 어떻게 지내는데?"

"저야 뭐 항상 비슷하죠. 방송하고 대부분은 쉬고."

가끔 단역으로 드라마나 영화에 나온 적도 있었지만, 그런 것도 자주는 없다고 이야기했다.

사실 지아는 개성 있는 얼굴도 아니고, 사람들의 시선을 확 끌어모으는 그런 면도 부족했다. 그렇다고 연기력이 빼어난 것도 아니었다.

전체적으로 무난했다. 어느 역할로나 쓸 수는 있었지만, 꼭 지아를 쓸 이유는 없었다.

주혁은 안타깝다는 생각이 들었다. 그것이 단점이었지만, 반대로 장점이 될 수도 있었다. 연기의 폭이 그만큼 넓다는 것도 되니까.

독특한 개성을 가지고 있는 사람은 연기의 폭도 그만큼 좁을 수밖에 없다. 그러니 지아는 포텐이 조금만 터지면 잘 풀릴 수 있는 그런 아이였는데, 무언가 조금 아쉬웠다.

"잘되겠지. 기회는 언제 올지 모르는 거야. 그러니까 기운 내."

"저도 잘 알아요. 사람들이 저를 어떻게 생각하고 있는지.

하지만 언젠가는 기회가 오겠죠?"

지아는 밝은 표정으로 이야기했지만, 씁쓸한 감정이 묻어 나오는 건 어쩔 수 없었다.

주혁은 재빨리 화제를 돌렸다.

"방송 하는 건 괜찮고?"

"오빠 덕분에 계속 자리는 유지하고 있어요. 그래도 케이블이라서 시청률은 잘 안 나와요."

"내가 한 번 더 출연해 줄까?"

"아뇨, 괜찮아요. 어차피 그래 봐야 일회성 이벤트인데요. 이번에 다른 프로그램에서 보조 MC 자리 제의가 왔는데 그거나 잘 생각해 봐야겠어요."

지아는 두 군데서 제의가 와서 지금 고민 중이라고 이야기했다.

"프로그램 내용이 어떤데?"

"그냥 그런 프로그램이에요. 그래서 둘 다 거절하려고요. 특색도 없고 끌리는 것도 없어서요. 그런데 그래도 하나 정도는 해서 방송에 계속 얼굴을 내미는 게 좋을까 하는 생각도 들어서 머리가 좀 복잡해요."

지아는 콧등을 찡그리면서 이야기했는데, 그 모습이 무척 귀엽게 보였다.

"가뜩이나 머리가 아픈데 자꾸 이상한 꿈도 꾸고 그래

서⋯⋯."

"이상한 꿈?"

"예, 저 자주 꾸잖아요. 예지몽 같은 거. 별로 쓸데없는 것만 보여서 그렇지."

지아는 웃으면서 아침에 여기 오다가 사고가 나는 장면을 어제 꿈에서 봤다고 이야기했다. 그리고 근래 몇 차례 그런 경우가 있었다고 했다.

찌잉~

주혁은 갑자기 이상한 소리가 들리면서 머리에서 가벼운 통증이 느껴졌다.

'예지몽이 아니야. 지아는 하루가 반복되면 그걸 기억하는 거야.'

그렇다면 지금 누군가가 상자를 사용하고 있다는 거였다. 그냥 꿈이라고 생각할 수도 있었다. 그런 게 단 한 번이었다면. 하지만 여러 번 반복된다는 건 의심할 여지가 없었다.

'누군가가 상자를 사용하고 있다. 그것도 동전을 두 개 사용했어.'

찌이잉~

머리의 통증이 조금 더 심해졌다.

주혁의 표정이 일그러지자 지아가 걱정스럽다는 표정으로 물었다.

"괜찮아요? 어디 안 좋은 거예요?"

"아냐, 잠깐 머리가."

"오빠는 저번에도 그러더니. 그러니까 좀 쉬어요. 너무 무리해서 그러는 거라니까."

주혁은 알았다고 하고는 자리에서 일어섰다. 지아도 다음에 몸 좋아지면 다시 보자고 하고는 따라 나왔다. 데려다주겠다는 걸 괜찮다고 하고는 혼자서 차를 타고 집으로 돌아왔다.

*   *   *

'이태영이 상자를 가지고 있다?'

주혁은 집으로 돌아와서 상황을 정리했다. 그의 머릿속은 온갖 정보가 헝클어져 있어서 엄청나게 혼란스러운 상태였다.

"아니야. 그렇다면 상자를 찾았다는 건 뭐지?"

주혁은 소리를 질렀다. 알 수 없는 것투성이라서 짜증이 치밀었기 때문이었다. 주혁의 소리에 미래가 깜짝 놀라서 주혁을 쳐다보았다.

주혁은 계속해서 생각했다. 그러다가 순간 멈칫했다. 지금 상자 두 개의 위치를 찾았다는 말 자체가 거짓일 수밖에 없었기 때문이었다.

'그래. 지금 누군가가 동전을 사용한 거라면 당연히 상자의 주인이 있다는 거지. 그렇다는 건 상자 두 개의 위치를 찾았다는 건 거짓이야. 그럼 상자가 나를 속인 건가?'

주혁은 무엇이 진실이고 무엇이 거짓인지 판단이 서질 않았다. 자신이 아는 어떤 것도 거짓일 수가 있었다.

찌이잉~ 찌이잉~

머리에 이는 고통이 점점 심해졌다. 무언가 소리가 들리는 것 같기도 했다. 하지만 주혁은 다시 생각하기 시작했다. 무언가 머리에서 떠오를 것 같았는데, 막상 무언지는 쉽게 생각나지 않았다.

'자, 생각하자. 상자를 찾았다는 이야기와 지아의 꿈은 서로 충돌하는 이야기다.'

지아의 꿈이 정말이라면, 보스가 죽어서 상자가 주인이 없는 상태가 되었다는 것 자체가 거짓이라는 거였다.

그리고 만약 그 반대라면 지아가 한 말은 말 그대로 그냥 꿈이라는 거였다.

'내가 너무 복잡하게 생각하는 거 아닐까? 지아가 그냥 꿈을 꾼 것일 수도 있잖아.'

주혁은 그렇게 생각하다가 갑자기 머리를 흔들었다. 이건 자신이 그렇게 생각하는 게 아니라 누군가가 자기 생각을 조종하고 있다는 느낌이 퍼뜩 들었다.

'뭐지? 왜 누가 자꾸 나를 부추기는 것처럼 느껴지는 거지?'

주혁은 정신을 집중했다. 그리고 한 가지를 떠올렸다.

'알란의 쪽지. 그래, 알란의 쪽지를 진실이라고 단정하고 시작하자.'

자신이 가장 믿을 수 있는 것. 그동안 자신을 여러 차례 위기에서 구해준 알란의 존재를 가장 믿을 수 있는 것으로 선택했다. 그러자 그다음은 너무나도 쉬웠다.

'지아를 만나라고 한 것은 지아의 꿈 이야기를 들으라고 한 것일 확률이 높아.'

그렇다는 건 지금 누군가가 상자를 사용하고 있다는 거였다. 그렇다는 건 보스는 죽지 않았다는 이야기가 된다.

'그래, 너무 이상했어. 보스가 갑자기 쓰러진 것도 이상했는데, 그렇게 허망하게 죽다니. 그렇게 대단한 능력의 소유자였던 사람의 말로가 그렇다는 건 쉽게 이해가 가지 않는 일이지.'

찌이잉~

또다시 머리에 고통이 느껴졌다. 하지만 주혁은 오히려 그 순간 정신을 집중했다. 그러자 무언가 머리를 조이고 있는 것 같은 게 느껴졌다.

주혁은 자신을 옥죄고 있는 그것을 향해서 갑자기 자신의 힘을 내뿜었다.

채앵!

맑은 소리가 나면서 자신의 머릿속에 있었던 무언가가 깨져 나갔다. 그리고 확실하게 알 수 있었다. 자신이 누군가의 조종을 받고 있었다는 사실을.

완벽하게 조종을 받는 게 아니라 현실과 환상을 동시에 경험하고 있었다. 그래서 문제가 있다는 사실을 몰랐던 거였다. 대부분 현실이었고, 거기에 약간의 환상이 섞여 있었으니까.

주혁은 곧바로 상자에게 이야기를 걸었다.

[이봐, 이봐!]

[오랜만이군, 친구. 그동안 불러도 대답도 없고 말이야.]

주혁은 역시나 자기 생각이 맞았다는 걸 확인했다. 그리고 자신에게 그런 걸 심을 수 있는 사람은 단 한 사람.

'보스가 살아 있다. 그리고 나에게 수작을 부렸어.'

자신이 죽었다고 생각하게 하고는 무슨 짓을 하고 있었을지는 뻔했다.

"내 상자를 노리고 있는 거야. 상자를 빼낼 방법을 찾고 있는 거지."

주혁은 머릿속이 환하게 밝아지고 깨끗해졌다는 느낌을 받았다. 그리고 자신이 이상해진 게 언제부터인지 생각해 보았다. 그리고 알 수 있었다.

"전에 지아를 만나다가 오드아이의 전화를 받으러 나갔을 때. 그때 돌아오니까 갑자기 머리가 아팠어. 상자가 합쳐질 때 그런 적을 제외하고는 그때가 처음이었지. 기운이 갑자기 몸속에 들어와서 그런 현상이 일어난 거야."

주혁은 지금까지 자신이 당했다는 걸 깨달았다. 하지만 아직 경기는 끝난 게 아니었다.

"그렇다는 건 보스가 분명히 이 근처에 있다는 거야. 그렇다면 오히려 지금이 기회일 수 있어. 동전을 몇 개 사용해서라도 보스를 잡는다."

주혁은 주변을 살핀 다음 금고를 열었다. 그리고 세 개의 상자가 합쳐져 위용을 뽐내고 있는 상자와 동전을 확인했다. 주혁은 지금 상황이 오히려 모든 것을 끝낼 기회라고 판단했다.

주혁은 자신의 기억 중에서 환상이 뒤섞여 있다는 사실을 알고는 그걸 확인하는 작업부터 했다. 그 결과 자신이 보스라고 생각했던 남자가 죽은 건 사실이라는 걸 확인할 수 있었다.

　"그렇다면 그 남자는 보스가 아니라는 말이고."

　하기야 어찌 보면 당연한 일이다. 자신이 머리에 통증을 느낀 것이 보스를 잡기 위해서 움직였던 것보다 훨씬 이전이니까.

　주혁은 오드아이와 세도우의 기억을 살피기 위해서 그들

을 한국으로 데려오도록 지시했다.

미국으로 가서 확인할 수도 있겠지만, 지금 보스가 호시탐탐 이 집에 있는 상자를 노리고 있었다. 자리를 비운다는 건 위험천만한 행동. 그래서 그 둘을 자신이 있는 곳으로 데려오게 시킨 거였다.

"보스가 알았겠지?"

주혁이 환상에서 빠져나왔다는 걸 보스는 당연히 알 것이다. 혹시 모를 수도 있었지만, 주혁은 당연히 알고 있다고 생각하고 움직이기로 했다.

지금부터는 최악을 가정하고 움직일 것이다. 정말 마지막을 향해 가고 있었으니까.

주혁은 상황을 정리했다. 지금 현재 상대는 동전을 사용한 상태다. 그것도 상황을 보니 동전을 두 개 사용한 것 같았다. 지아가 분명히 예지몽을 꾸었는데, 여러 번 꾸었다고 했으니까.

"그렇다는 건 과거로 돌아가는 능력과 하루가 반복되는 능력이 동시에 펼쳐진 거야."

예전에 자신이 두 개가 합쳐진 상자를 사용했을 때와 비슷한 경우라고 볼 수 있었다. 그래서 일단은 그걸 확인하면서 보스의 정체도 알아보기로 했다.

"일단 동전을 하나 사용하자."

이제는 동전 몇 개가 중요한 게 아니었다.

주혁은 곧장 금고로 향했다.

그러면서 생각을 해보니 섬뜩한 느낌을 받았다. 정말 위험
했다는 걸 알 수 있었으니까.

상대는 시간을 반복하면서 상자를 빼내려 하고 있었다. 방
비가 철저하다고는 하지만 그것도 계속해서 시도하다 보면,
결국에는 깨질 수밖에 없다. 그러니 날짜가 조금 더 흘렀으면
보스가 상자를 손에 넣었을지도 모른다.

"만약에 상자를 찾는다고 미국으로 날아갔다든가 했으면
정말 큰일 날 뻔했어."

미국에 갔다가 다시 돌아오는 데는 물리적으로 시간이 필
요하다. 주혁의 느낌으로는 아마도 미국에 갔으면 돌아오기
전에 상황이 끝나 있었을 것 같았다. 보스가 자신을 미국에
보내려고 수작을 부린 데에는 그만한 이유가 있었을 테니까.

"아마도 약간의 시간만 더 있으면 상자를 손에 넣을 수 있
어서 그랬을 가능성이 커."

상자와 이야기를 할 시간도 되었지만, 그것보다는 상황을
확실히 끝내기 위해서 수를 썼다고 판단했다. 하지만 모든 건
그저 판단에 불과하다.

그래서 주혁은 금고를 열었다. 그 안에는 상자가 그대로 있
었다.

[이봐, 물어볼 게 있는데.]

[그래, 친구. 뭐가 그렇게 궁금하지?]

주혁은 상자의 소유권에 관해서 질문했다.

[내가 만약 다른 사람이 소유하고 있는 상자를 찾았다고 치자고. 내가 그 상자를 가지려면 어떻게 해야 해?]

[그다지 어려운 일은 아니지. 상자에 피를 묻히면 된다. 다른 방법도 있긴 하지만 오히려 복잡하고 시간도 오래 걸리지. 그러니 피를 묻히는 게 가장 빠르고 확실한 방법이다.]

너무나도 간단한 방법이었다. 그러니 상자를 얻기만 하면 상황은 순식간에 끝나는 것이다.

주혁은 정말 모골이 송연해졌다. 지금까지 공들였던 게 한순간에 날아갈 뻔했으니까. 그리고 자신을 도와준 알란에게 정말 감사하는 마음을 가졌다.

'가만. 설마 알란이 지금까지 살아 있는 건 아니겠지?'

주혁은 고개를 갸웃거렸다. 하지만 어쩐지 그럴 것 같았다. 전에 보낸 편지가 분명히 마지막이라고 했는데, 이번에 다시 편지가 왔기 때문이었다.

하지만 이내 고개를 흔들었다. 지금은 그런 것보다는 눈앞의 문제가 더 급했다.

주혁은 동전을 하나 집어 들고 자신이 원래 가지고 있던 첫 번째 상자의 투입구에 동전을 넣었다.

그리고 힘차게 레버를 당겼다.

끼리리릭.

딩딩딩딩딩~

숫자판이 힘차게 돌아갔다. 주혁은 숫자가 적당히 나왔으면 좋겠다는 생각을 하면서 돌아가는 숫자판을 바라보았다. 하지만 항상 행운이 주혁의 편만은 아닌 듯했다. 앞에 있는 두 개의 숫자판이 연속으로 0이 나왔다.

"아, 이런. 시간이 넉넉할수록 조사하기가 편한데……."

하지만 크게 실망하지는 않았다. 이건 확인하자는 의미가 더 큰 작업이었으니까. 그러니 숫자가 얼마가 나와도 큰 상관은 없다고 생각했다. 그리고 드디어 숫자판이 멈추었다.

주혁의 눈에 보인 숫자는 27.

"어떤 숫자라도 상관없다고 생각하기는 했지만, 좀 아쉽긴 하네."

주혁은 입맛을 다시면서 중얼거렸다. 무척이나 실망스러운 숫자였다. 하지만 그것보다는 자기 생각이 맞는지가 더 궁금했다. 그래서 하루가 빨리 가기를 바랐다.

"끄응~ 끄응~"

미래가 밖에 나가서 놀자면서 주혁을 졸랐다. 계속해서 안에만 있으니까 심심했던 모양이었다.

하지만 지금은 자리를 비울 수가 없었다.

"나중에 놀아줄게. 조금만 참아. 어차피 며칠 안에 모든 게 다 해결될 것 같으니까 그 후에는 정말 물리도록 놀아줄게."

하지만 미래는 주혁의 생각에는 아랑곳하지 않고 계속해서 앞발로 주혁의 발을 툭툭 건드렸다. 같이 나가자는 뜻이었다.

하지만 어쩌겠는가. 지금은 그럴 상황이 아닌 것을.

주혁은 그냥 미래에게 말을 걸면서 쓰다듬어 주기만 했다.

주혁이 나갈 기미가 전혀 보이지 않자 곧 포기를 한 듯 미래는 바닥에 엎드렸다.

혼자서 멍하니 기다렸으면 시간이 무척 더디게 흘렀겠지만, 미래에게 말이라도 붙이면서 있다 보니 시간이 빨리 흐른 것 같았다.

그렇게 시간은 흐르고 흘러 자정이 되었다.

초침이 움직이는 것까지 주혁에겐 긴장감 있게 느껴졌다. 하지만 자정이 거의 되어가자 정신이 살짝 흐려졌다. 그리고 저절로 눈이 감겼는데, 정신을 차리고 보니 12시가 조금 넘은 시각이었다.

하지만 날짜는 바뀌지 않았다.

주혁은 재빨리 상자를 보았다. 상자의 숫자판에는 여전히 27이라는 숫자가 보였다.

"보스가 상자를 사용 중인 게 확실하군."

전에도 비슷한 경우가 있었다. 주혁이 상자를 사용했지만, 갑자기 시간이 흐르지 않았던 때가. 주혁의 첫 번째 상자는 우선순위가 가장 높다. 그래서 동시에 상자를 사용하면 다른 상자의 효과가 끝난 후에 마지막으로 주혁의 상자의 효과가 발동된다.

그러니 상대가 어떤 일을 해놓든, 주혁이 마지막으로 해놓은 대로 세상은 흘러가게 된다. 절대적으로 유리한 위치에 있는 것이다. 게다가 더 좋은 점도 있다.

"나는 상대 상자의 효과가 유지되는 동안에도 기억을 유지할 수 있지."

숫자판의 숫자가 흐르지 않을 뿐, 주혁은 행동하고 보고 들은 걸 모두 기억할 수 있다. 하지만 상대는 다르다. 상대는 상자의 효과가 끝나서 반복되는 하루를 기억하지 못한다.

"자, 이제 누가 무슨 짓을 하는지 알아볼까?"

* * *

주혁은 자기 상자의 숫자판이 흐를 때까지 집에서 시간을 보냈다. 하지만 별다른 움직임은 보이지 않았다. 그렇게 열흘의 시간이 지나자 숫자가 하나씩 줄어들기 시작했다.

"이제는 움직여도 상관없지?"

안전이 100% 보장된 상태이니 마음껏 움직일 수 있었다. 그래서 자신의 주변부터 샅샅이 뒤지기 시작했다. 거칠 것이 없었다. 어차피 자신이 무슨 행동을 해도 사람들은 기억하지 못할 테니까.

시간이 조금 더 있었더라면 좋았겠지만, 상자의 숫자는 정해져 있었다. 경호 인력과 미스터 K의 도움을 받아가면서 주변에서 무언가 수상한 움직임이 있는지, 의심이 가는 사람은 없는지 살펴보았다. 하지만 어떤 단서도 포착할 수 없었다.

"보스도 알고 있는 거야. 내가 자기 손아귀에서 벗어났고, 동전을 사용해서 자신을 찾으리라는 사실도."

조금만 생각하면 당연한 일이었다. 그동안 주혁이 환각에서 깨어났다는 걸 알았다면, 당연히 대비했을 것이다.

주혁도 그 정도는 예상했다. 이건 그저 확인하는 차원에서 벌이는 일 정도였다.

주혁은 그다음 날부터는 조사와 감시는 다른 사람들에게 맡기고 이태영을 찾아 나섰다.

오드아이와 셰도우가 한국에 오려면 이틀이 걸린다. 그리고 보스는 자신의 정체를 꼭꼭 숨기고 있다.

그러니 지금 단서를 얻을 수 있는 대상은 이태영밖에 없다고 보아도 무방했다.

"하아, 이태영은 좀 그런데……."

그 당시 받은 충격이 워낙 커서 가능하면 만나고 싶지 않았다. 하지만 그 경험은 환상이라고 생각했다. 어떻게 그런 일이 가능하겠는가. 사실 그렇게 따지면야 상자의 존재도 말이 안 되는 것이기는 하지만, 그날 있었던 일은 환상이 분명했다.

그래서 지금 만나면 이태영의 기억을 확인할 수 있을 것 같았다.

하지만 이태영의 소재는 쉽게 파악이 되지 않았다.

주혁이 이태영의 소재를 파악한 건 숫자가 다섯으로 줄어들었을 때였다.

"그래요? 드디어 찾았군요."

—정말 어렵게 찾을 수 있었습니다. 핸드폰도 꺼둔 상태라서 추적이 어려웠는데, 운이 좋았습니다.

운이 좋다기보다는 노가다의 승리였다. 있을 만한 곳이라고 생각되는 곳을 벌써 열흘이 넘게 이 잡듯이 뒤졌으니까. 아무튼, 찾았다는 게 중요했다. 주혁은 즉시 차를 몰고 이태영이 있다고 이야기한 장소로 향했다. 이태영은 남양주의 천마산에 있었다.

주혁의 생각이었지만, 남양주에 있는 종합 촬영소에 있다가 보스의 연락을 받고 급히 움직인 게 아닌가 싶었다.

"아주 멀리 움직이는 건 그렇고, 그렇다고 그 자리에 그냥 있기는 뭐한 그런 상황이었겠지."

아마도 근처 사람들의 눈에 잘 띄지 않는 곳에서 대기하라고 지시를 받았을 듯했다.

"시간이 간당간당할 것 같기는 한데……."

지금 시각이 열 시가 조금 넘었다.

이태영이 있는 곳까지는 한 시간이 조금 더 걸리는 거리.

가서 확인하고 나면 얼마 지나지 않아서 12시가 되지 않을까 싶었다.

하지만 그렇다고 하더라도 가서 확인하는 게 중요했다.

주혁은 속도를 높였다.

"오늘따라 왜 이러지?"

생각보다 차가 막혔다. 그래서 시간이 정말 아슬아슬했다. 주혁이 이태영이 있다고 보고받은 펜션으로 차를 몰았다. 12시가 되려면 채 5분도 남지 않은 상황. 주혁은 속도를 더 높였다. 그리고 펜션이 보이는 장소에 도착했다.

"3분? 가서 확인할 수 있으려나?"

주혁은 그렇게 중얼거리면서 주차장에 차를 댔다. 펜션에는 평일임에도 사람들이 가득했는데, 대부분 술을 마시고 있었다. 그런데 차 소리가 들리자 누군가 창문을 열고 밖을 내다보았다. 주혁은 그게 이태영이라는 걸 알 수 있었다.

"오케이, 적어도 12시가 될 때까지 여기에 있다는 말이지."

주혁은 차에서 내리려는데 갑자기 시야가 흐려졌다. 시간이 된 것이다.

하지만 주혁의 입가에는 미소가 맺혀 있었다. 이곳에 이태영이 있다는 사실을 알고 있으니 다시 오면 그만이니까.

주혁의 정신이 점점 흐려졌다.

다음 날이라고 해야 할지 같은 날이라고 해야 할지는 모르겠지만, 주혁은 아침 일찍 천마산에 있는 펜션으로 차를 몰았다.

주혁의 옆자리에는 경호 책임자, 뒤에는 경호원 둘이 타고 있었다.

"제가 운전을 하는 편이 좋지 않겠습니까?"

"괜찮습니다. 그것보다 어떻게 해야 하는지 잘 알죠?"

주혁이 도착했을 때는 아직 사람들이 아침을 먹기도 전이었는데, 펜션에 있는 사람들은 다들 아직 일어나지도 않은 시각이었다. 경호 책임자는 청소하고 있는 주인에게 다가가서는 무어라고 이야기를 했다.

주인은 이상한 눈초리로 경호 책임자를 바라보더니 고개를 흔들었다. 그러자 그는 품에서 무언가를 꺼내서 주인에게 보여주었다. 그러자 주인은 조금 망설이다가 손가락으로 어딘가를 가리키며 이야기했다.

"한 삼십 분쯤 전에 산에 올랐답니다. 아침을 먹으러 온다고 했으니까 대략 한 시간 정도면 돌아올 거라고 합니다."

"그래요? 그러면 그리로 가죠."

주혁은 사람들과 함께 이태영이 올라갔다고 하는 길을 따라 걸었다. 이른 아침이라서 그런지 산으로 오르는 방향에는 인기척이 전혀 없었다.

주혁은 혹시나 하는 마음에 경호원을 대동했다. 그때와 같은 일은 일어나지 않을 것이라고 거의 확신했다. 이태영에게 자신보다 강한 능력이 있을 수는 없었으니까. 하지만 공연히 찝찝한 느낌도 있었고, 혹시 도망이라도 치는 날에는 귀찮게 될 수도 있어서 경호원을 부른 거였다.

산이라기보다는 그냥 언덕 같은 곳이었다. 그래도 겨울바람은 매서웠다.

시간을 잰 것은 아니었지만, 이십 분 정도를 걸었을까? 앞쪽에 누군가 있는 게 보였다. 아주 멀리 떨어져 있어서 정확하게 가늠할 수는 없었지만, 주혁은 그게 이태영이라고 보았다.

"혹시라도 도망칠 수 있으니까 거기에 대비하세요."

"예, 알겠습니다."

주혁은 천천히 걸어 올라갔고, 그가 이태영이라는 사실을 확인할 수 있었다. 이태영은 주혁을 보자 흠칫 놀랐다. 하지만 이내 피식 웃었다. 마치 그가 자신을 찾아올 걸 알고 있었다는 듯.

"오랜만이군요. 공식적으로는 말이죠."

주혁의 말에 이태영이 고개를 끄덕이면서 대답했다.

"그렇지. 공식적으로는."

이태영은 근처에 있는 작은 바위에 털썩 앉으면서 주혁에게도 앉으라고 권했다. 주혁은 그가 권하는 대로 이태영의 앞에 있는 나무 등걸에 앉았다.

약간 뒤쪽에서 만약의 사태에 대비하고 있던 경호원들은 둘이 자리에 앉자 둘을 에워싸듯 자리를 잡았다. 그들 셋이 적당한 거리를 두고 자리를 잡고 있어서 이태영이 어디로 움직이더라도 쉽게 빠져나가기는 어려워 보였다.

그런 경호원들의 움직임을 보면서 이태영은 피식 웃었다.

"쓸데없는 짓을 하는군. 도망칠 생각이었다면 애초에 여기에 앉지도 않았을 텐데 말이야."

주혁은 그런 이태영을 지그시 바라보았다.

그는 당황하는 기색은 있었지만, 불안해하지는 않는 듯했다.

그의 반응은 다소 의외였다.

"보스가 누구인지 알고 싶어서 온 거겠지?"

이태영은 갑자기 주혁을 쳐다보면서 말을 던졌다.

주혁은 가볍게 고개를 끄덕였다.

"보스가 그러더군. 주혁이 찾아갈지도 모르니까 잘 숨어 있으라고. 하지만 곧바로 일할 수도 있으니까 그리 멀지 않은 곳에 있으라고."

주혁은 이태영이 왜 이런 말을 하는지 알 수 없었다. 모든 것을 포기한 것인가 싶어서 그의 표정을 살폈는데, 그런 건 아니었다. 그는 흔들리거나 동요하고 있지 않았다. 그리고 포기한 사람의 표정도 아니었고.

"쓸데없는 짓이라고 말해주고 싶군. 나를 통해서는 어떤 것도 알아낼 수 없을 거야. 그저 힘만 뺄 뿐이지."

"그거야 두고 보면 알 일이지."

주혁의 말에 이태영이 양손을 들면서 어깨를 올렸다. 마치 마음대로 해보라는 듯이. 해봐야 아무것도 얻을 수 없을 것이라는 투의 행동이었다.

하지만 주혁은 그런 것에는 아랑곳하지 않고 이태영의 기억을 살펴보기 위해서 능력을 사용했다.

사실 약간 부담스럽기도 했고, 걱정되기도 했다. 전에 당했던 일이 워낙 충격적이어서 쉽사리 잊어지지 않았기 때문이었다. 하지만 전과는 달리 중간에 능력이 취소된다든가 하는 일은 없었다. 아주 정상적으로 능력이 사용되었다.

시간이 점점 느려지고, 주혁의 눈에서 다른 때와 마찬가지로 주혁의 눈에서 빛이 뿜어져 나가서 이태영의 머리를 향했다. 물론 그 과정에서 심장이 조금 빨리 뛰기는 했다. 또다시 고개를 들면서 말을 하거나 하면 어쩌나 싶어서였다.

그런 일은 일어나지 않을 것이라는 걸 알면서도 심장은 제멋대로 흥분했다.

하지만 주혁이 걱정했던 그런 일은 일어나지 않았다.

그러나 이태영의 기억을 볼 수는 없었다. 다른 일이 일어났기 때문이었다.

파지지직~

이태영의 머릿속으로 들어갈 수가 없었다. 무언가 강력한 기운이 그의 머리를 보호하고 있었다. 빛을 머리 안으로 밀어넣으려 했지만, 도저히 들어가지지가 않았다. 강력한 스파크가 튀면서 사방이 온통 빛으로 물들 뿐이었다.

'뭐지? 이태영이 이런 강력한 기운을 가지고 있었나?'

그럴 리가 없었다. 이런 강력한 기운은 오드아이나 셰도우도 가지고 있지 않았다. 그런데 그들보다 훨씬 늦게 능력을 얻은 이태영이 이렇게 강력한 기운을 가지고 있다는 건 말이 되지 않았다.

보스라고 한다면 이해할 수 있었지만, 이태영은 절대로 가질 수 없는 그런 기운이었다. 그런 생각을 하니 갑자기 섬뜩한 생각이 들었다.

'혹시 이태영이 보스인가?'

하지만 이내 고개를 내저었다. 앞에 있었던 여러 일을 생각해 볼 때 이태영은 절대로 보스가 될 수는 없었다. 하지만 보스의 능력이 어떤 것인지를 모르는 지금 다른 생각을 하게 되었다.

'그럼 나한테 제약을 건 것처럼, 이태영을 통해서 자신의 능력을 사용할 수가 있는 건가?

그렇게 생각하면 자신의 공격을 막아내는 게 이해는 되었다. 보스의 능력이라면 자신의 공격을 어느 정도는 막을 수 있을 것이다.

주혁은 확실히 하기 위해서 더욱 집중해서 능력을 사용했다.

파지지지직~

마치 용접을 하는 것처럼 사방으로 빛 덩어리가 튀었고, 이태영의 머리는 빛에 휩싸여 보이지도 않았다.

상당한 시간 동안 집중했지만, 그의 기억 속으로 진입할 수 있다는 느낌은 들지 않았다. 저항이 워낙 막강해서 그런 거였다.

주혁은 능력을 멈추었다. 그리고 고개를 흔들면서 한숨을 내쉬었다.

물론 오드아이나 셰도우의 기억을 살펴도 보스의 정체를 알 수는 있겠지만, 그것보다 이태영은 최근까지 가까이에 있었을 가능성이 높았다.

'게다가 지금 보스가 있는 위치도 알 수도 있고.'

그래서 그의 기억을 보면 참 좋겠다는 생각을 했는데, 안타깝게도 그건 조금 시간이 걸릴 것 같았다. 어차피 이태영이 보스라고 하더라도 사용할 수 있는 기운은 자신이 더 많이 가지고 있다.

그러니 계속해서 공격하다 보면 언젠가는 뚫릴 것이다.

그런데 주혁이 이태영의 얼굴을 보니 아까와는 조금 달라 보였다. 무척 피곤해 보이기도 했지만, 약간 얼굴이 변한 것 같았다. 자세히 보지 않으면 모를 정도의 변화이기는 했지만, 이태영을 경계해서 워낙 자세히 살폈던 주혁이라 그 약간의 변화가 눈에 들어왔다.

'얼굴이 좀 이상해졌는데……'

분명히 무언가 변하긴 했는데, 뭐라고 콕 집어서 표현하기가 어려웠다.

주혁은 미간을 찌푸리면서 이태영의 얼굴을 계속해서 쳐다보았다.

"힘이 드는군. 내 기억을 살폈나 보지?"

이태영은 가쁜 숨을 몰아쉬고는 크게 심호흡을 했다. 그러자 얼굴에 생기가 조금 돌아오는 듯했다.

그러고는 주혁에게 다시 물었다.

"볼 수 없지 않던가? 아마 앞으로도 계속 그럴 거야. 그러니 공연히 힘 빼지 말라고."

그는 상황이 이렇게 될 줄 알았다는 듯 이야기했다.

주혁은 지금 이태영의 행동이 허세인지, 아니면 정말 무언가가 있는 것인지 확인해 보기로 했다. 그래서 다시 능력을 사용했다.

파지지지직~

비슷한 결과가 나왔다. 조금 전과 똑같이 들어가지지 않았고, 스파크가 튀면서 사방이 온통 빛으로 가득했다.

주혁은 계속해서 능력을 사용했지만, 상대의 방어는 약해질 기미가 보이지 않았다. 오히려 주혁이 지쳐서 능력을 멈추었다.

'이게 뭐야?'

능력을 사용할 때는 스파크와 빛 때문에 보이지 않았는데, 빛이 사라지고 나니 이태영의 얼굴이 보였다. 그런데 분명히 조금 전에 보았던 얼굴보다 삭아 보였다.

그냥 피곤해서 그런 게 아니었다.

주혁은 확실하게 느낄 수 있었다. 그 짧은 시간에 이태영에게 노화가 진행되었다는 것을. 물론 갑자기 할아버지처럼 보인다거나 그런 건 아니었다. 하지만 최소한 몇 년 정도의 시간은 지난 듯했다.

"왜? 이상한가? 생각해 보면 그렇지 않다는 걸 알 텐데? 그리고 내가 왜 내 기억을 확인할 수 없을 거라고 한지도 알 테고 말이지."

이태영은 큭큭대며 웃었다. 이태영은 지금 자신의 생명력을 끌어다 쓰고 있는 거였다. 몇 번을 시도해도 마찬가지였다.

그리고 이태영도 잘 알고 있었다. 자신이 지금 생명력을 끌어다 사용하고 있다는 사실을.

"이봐, 이러다가 정말로 죽을 수도 있어. 죽는 것보다는 기억을 보여주는 게 훨씬 나은 선택 아닐까?"

"웃기는군. 일이 뜻대로 되지 않으니까 초조한가 보지? 그런데 어쩌나. 나는 상관없는데 말이지. 왜냐고? 나중에 보스가 나를 다시 젊어지게 해줄 테니까."

이태영은 지금 자신이 죽더라도 나중에 보스가 상자를 모두 모은 후에 다시 살려줄 것이며, 늙게 된 건 다시 젊어지게 해줄 것이라고 믿고 있었다.

주혁은 혹시나 싶어서 상자와 대화를 했다.

[이봐, 혹시 저 말이 가능성이 있는 건가? 상자를 전부 모아서 다른 사람을 살리거나 다시 젊어지게 만든다는 거 말이야.]

[흠, 글쎄. 살리는 거야 어떻게든 가능할 수도 있을 것 같

군. 죽기 전의 시간으로 돌아갈 수 있다면 말이지. 젊어지는 것도 마찬가지고.]

아예 가능성이 없는 건 아니라는 말이었다. 하지만 상자는 말을 덧붙였다.

[하지만 그렇게 되면 자신이 얻게 될 수 있는 능력을 포기해야겠지. 상자가 합쳐지고 다섯 개의 동전을 한꺼번에 사용하면 엄청난 걸 얻을 수 있지. 그리고 남은 동전은 상자의 주인에게 일종의 혜택을 가져다준다.]

상자는 이태영을 살리려면 상자가 모두 합쳐지기 전에 사용해야 하는데, 그러면 상자의 주인이 얻게 되는 혜택이 하나 사라지는 거라고 했다.

'보스가 과연 그럴까? 이태영의 가치를 그렇게 높이 여기고 있을까?'

알 수 없는 일이었다. 하지만 지금까지 있었던 일들을 생각하면 그럴 가능성은 높지 않았다. 오드아이와 셰도우의 기억을 살폈을 때도, 수하들을 그렇게 아끼는 것 같지는 않았다. 그리고 지금 오드아이와 셰도우를 내버려 둔 것만 보아도 그럴 것 같았다.

"과연 그럴까? 보스가 그럴 것 같아? 그가 지금까지 해온 걸 보면 알 텐데?"

주혁은 이태영의 생각대로 되지는 않을 거라고 말했다. 지금까지 보스가 한 행동을 보면 알 수 있지 않으냐면서.

하지만 이태영은 요지부동이었다.

"그런 식으로 나를 흔들려고 해도 소용없다. 그러니 마음대로 해라."

이태영은 숨을 몰아쉬면서 이야기했다.

주혁은 고개를 흔들었다. 이미 논리나 이성으로 설득할 수 있는 단계가 아니었다. 그는 마치 광신도 같았다.

주혁은 이태영을 약간 측은한 표정으로 쳐다보았다.

남에게 이용당하고 결국에는 비참한 최후를 맞이할 게 뻔해 보였기 때문이었다.

하지만 이태영은 그런 주혁의 눈초리가 못마땅한 모양이었다. 갑자기 화를 버럭 냈다.

"왜 그런 눈으로 나를 보는 거지? 네가 그렇게 잘났나?"

이태영은 씩씩대면서 속사포처럼 말을 내뱉었다.

"너도 상자가 아니었으면 아무것도 아니었어. 상자가 없었더라면 네가 그런 연기를 할 수 있었을 것 같아? 제기랄. 저 녀석이 아니라 나한테 상자가 있었더라면 나는 더 대단한 스타가 될 수도 있었을 텐데."

아주 틀린 말은 아니었다. 상자가 없었더라면 주혁은 결코 지금과 같은 스타가 될 수는 없었을 것이다.

하지만 이태영의 말이 모두 옳다고는 생각하지 않았다.

"정말 그렇게 생각하나? 전부 틀린 말은 아니야. 내게 상자가 없었다면 그렇게 빨리 스타가 될 수는 없었겠지."

주혁은 잠시 숨을 고른 후에 다시 이야기를 이었다.

"하지만 이제는 알 수 있어. 나는 계속 연기를 했을 거야. 당장은 뜨지 못했겠지. 하지만 10년이나 20년 후에는 적어도 지금과 비슷한 연기를 하고 있을 거야."

주혁은 말을 해놓고는 속으로 그 나이면 액션은 안 되겠다고 생각하면서 살짝 웃었다.

"운 좋아서 지금 자리에 있는 주제에 떠벌리기는 잘하는군. 만약 나한테 상자가 있었다면 나는 너보다는 훨씬 대단한 스타가 되어 있을 거야."

이태영은 한껏 비아냥거리면서 이야기했다.

주혁은 그를 노려보다가 말했다.

"너는 보스가 만들어준 능력 아니던가? 혼자서 하지도 못하고 남의 도움을 받아서 능력을 키운 사람이 그런 말을 할 자격이 있을까?"

이태영은 몹시 화가 나는 표정이었지만, 찔리는 게 있는 듯 곧바로 말을 하지는 못했다.

그 모습을 보고는 주혁은 이태영이 어떻게 연기력이 늘었는지 알 것 같았다. 본인 스스로 실력을 키운 게 아니라 보스가 만들어준 능력이었다.

"역시나 그 성격에 어떻게 그렇게 실력이 늘었을까 이상했는데, 역시나 다른 사람이 만들어준 능력이었어."

"닥쳐. 너도 마찬가지 아냐? 상자가 없었으면 아무것도 아닌 게."

이태영은 버럭 소리를 질렀다.

주혁은 가만히 그를 쳐다보다가 이야기했다. 천천히 고개를 옆으로 저으면서.

"아니, 너는 그게 어떻게 다른지도 모르고 있어. 그래서 넌 상자를 가지고 있었어도 결코 스타가 되지 못했을 거야. 혼자 힘으로 긴 시간을 이겨낸다는 게 어떤 건지 모르는 사람은 상자가 있어도 소용이 없어."

주혁은 강한 어조로 말했다. 그가 내뱉은 말에는 확신과 의지가 하나 가득 실려 있었다.

이태영은 뭔가 반박을 하고 싶어 했지만, 무어라 할 말이 없었다.

하지만 그런 이야기를 나눈 후에도 이태영의 심경에는 변화가 없었다. 오로지 보스가 자신을 어떻게 해줄 것이라는 생각이 가득했다.

주혁은 기억을 보기 위해서 한 번 더 시도했지만, 똑같은 결과가 나오자 포기했다. 이태영은 생명력이 모두 소진되어서 죽더라도 보스가 자신을 구원해 주리라 믿을 녀석이었으니까.

결국, 상자의 숫자는 0이 되었다.

"이제 시간이 다시 흐르는 건가?"

주혁은 살짝 골머리가 아프다고 생각했다. 아직 보스의 정체는 실마리도 잡지 못했는데, 다시 시간이 흐르게 되었으니까.

"아니야, 긍정적으로 생각하자. 어차피 이번에 동전을 사용한 건 정말로 지금 보스가 동전을 사용한 것인지, 그리고 무언가를 꾸미고 있는지 확인하기 위해서야."

확실하게 확인했다. 지금 보스가 가진 상자가 작동하고 있었고, 분명히 상자를 노리고 있었다. 하지만 쉽사리 정체를 드러내지는 않았다.

주혁은 지금부터가 진짜 대결이라고 생각했다. 하지만 불리한 건 자신이 아니라고 여겼다.

"내 상자의 우선순위가 높고, 수도 더 많아. 동전도 충분하고."

이제 정말 보스를 잡고 상자를 합치기 위한 마지막 대결이 다가왔다. 이제는 물러설 수 없는 시점이 되었다. 주혁은 이제 동전을 아끼지 않고 끝장을 보기로 결정을 내렸다.

집에 돌아온 주혁은 만약에 상자가 없었다면 지금 어떻게 살고 있을까 생각해 보았다.

이태영의 이야기도 틀린 건 아니었다. 상자가 없었더라면 주혁은 결코 지금 스타가 되어 있지 못했을 테니까.

"지금과는 비교도 할 수 없는 삶이겠지."

잘은 모르겠지만, 아마도 무명 배우 생활을 하고 있지 않을까 싶었다. 그래도 자신의 꿈은 배우였으니까. 물론 연기력도 그저 그런 수준에 특출 난 면도 거의 없는 그런 사람으로 살아가고 있을 것이다.

"학교야 꿈도 꾸지 못할 일이고, 잘해야 단역이겠지? 결혼은 했을까?"

가진 것도 없는 빈털터리 무명 배우에게 시집을 오겠다는 여자가 있을지 모를 일이다.

하지만 정신 차리고 열심히 살아왔다면 가정을 꾸렸을 수도 있겠다는 생각을 했다. 남자의 그런 면을 좋아하는 여자도 있었으니까.

주혁의 머리에는 그런 광경이 그려졌다. 지하 단칸방에서 단둘이 살아가는 모습이. 모든 것이 부족하지만, 행복하다고 느껴지는 그런 그림이 그려졌다.

"실제로는 상상한 것보다 훨씬 좋지 않을 수도 있겠지."

상상이니 그런 모습이 그려졌을 것이다. 상상하는 것과 현실이 얼마나 다른지는 주혁도 잘 안다. 지금은 화려한 스포트

라이트를 받으며 살고 있지만, 정말 이가 갈리는 시간을 견뎌야 했다. 무려 14년이라는 세월을.

정말 꿈이 없었다면 견딜 수 없는 시간이었다. 희망을 가슴에 품고 있지 않았다면 얼마 지나지 않아서 포기했을 것이다.

하지만 그 시간을 통해서 한 가지는 확실하게 알 수 있었다. 만약에 상자가 없었더라도 힘든 시간을 버텨냈을 거라는 사실을.

성공이 지금보다는 훨씬 늦었을 것이다. 그리고 성공을 하지 못할 수도 있었다.

하지만 그래도 자신은 카메라 앞에 서 있었을 것이다. 다른 일을 하는 자신은 상상이 되지 않았다.

주혁은 피식 웃으면서 붉은색 USB를 컴퓨터에 꽂았다.

거기에는 지금까지 있었던 일들이 일기처럼 적혀 있었다. 예전에 고생했던 부분을 보니 웃음이 났다. 그때는 정말 힘들었는데, 지금 보니 무척 소중한 추억이었다.

"참 여러 가지 일이 있었네. 그리고 그걸 다 용케도 버텼고."

주혁은 또다시 그런 일이 있으면 그걸 버틸 수 있을까 생각해 보았다.

할 수 있을 것 같았다. 이미 한 번 버텼는데 못할 게 있겠는가.

그런 생각을 하다가 보니 어느새 날짜가 바뀌었다.

주혁은 날짜가 바뀐 것을 확인하고는 잠을 청하려고 했지만, 잠이 잘 오질 않았다. 그래서 어떻게 하면 보스를 잡을 수 있을까 궁리를 했다. 그런데 갑자기 주혁의 핸드폰이 요란하게 울렸다.

"누구야? 이런 새벽에."

액정을 보니 미국에 있는 경호 책임자였다.

불길한 생각이 들었다. 지금 한국 시각을 알고 있을 텐데 이렇게 연락을 한 걸 보면, 분명히 무언가 일이 있는 게 분명했다.

주혁은 핸드폰을 들고 통화 버튼을 터치했다.

"무슨 일입니까?"

─오드아이와 세도우가 죽었습니다.

경호 책임자는 다급한 목소리로 말했다. 주혁도 정신이 번쩍 드는 것 같았다.

"뭐? 오드아이하고 세도우가? 어쩌다가?"

경호 책임자는 그들을 이송하던 중에 비행기가 폭발했다고 말했다. 전용기로 미국에서 한국으로 비행하다 태평양에서 폭발했는데, 생존자는 없는 것 같다고 했다.

하기야 폭발만 있어도 살아남기가 어려울 텐데, 바로 아래가 망망대해이니 생존자가 없는 게 당연했다.

"문제가 뭡니까? 비행기에 폭발물이 있었던 겁니까? 아니면 다른 문제가 있는 겁니까?"

─그게… 확실치가 않습니다. 확실한 건 블랙박스를 수거해 봐야 알 수 있을 것 같습니다.

주혁은 골치가 아팠다. 오드아이와 셰도우가 도착하면 그들의 기억을 세세하게 살필 생각이었으니까. 물론 그런다고 해도 확실한 걸 알아낸다는 보장은 없었다. 하지만 그래도 무언가 단서는 있을 것이다.

그래서 잔뜩 기대하고 있었는데, 이렇게 죽어버렸다니 정말 통탄할 일이었다.

주혁은 잠시 안타까워하다가 갑자기 떠오른 생각이 있어서 다급하게 질문했다.

"그들이 탄 비행기가 언제 출발한 겁니까?"

─대략 10시간쯤 전에 출발했습니다.

주혁은 재빨리 시간을 확인했다. 주혁의 시계는 오전 0시 46분을 가리키고 있었다.

"언제 폭발한 겁니까? 폭발한 정확한 시간이 어떻게 됩니까?"

─한국 시각으로 0시 15분경으로 예상하고 있습니다. 약간의 차이는 있겠지만, 그 정도라고 보시면 될 겁니다.

주혁은 고개를 들어 천장을 보면서 크게 한숨을 내쉬었다.

'이런, 젠장. 시간을 맞춰서 폭발시킨 거야.'

당연히 보스가 한 짓이다. 볼 것도 없다. 그리고 시간도 맞춘 것이다. 주혁이 알더라도 손을 쓰기 어렵게 하려고.

'하루를 반복하는 건 아무런 소용도 없어. 그들을 구하려면 더 과거로 돌아가야 해.'

하지만 문제가 복잡했다.

주혁은 잠시 생각을 하다가 일단 통화를 마쳤다.

"알겠습니다. 일단 자세히 조사하시고 무언가 알아낸 게 있으면 바로 연락하세요."

—알겠습니다.

주혁은 지금 상황에서 어떻게 하는 것이 가장 좋은 판단인지 생각해 보았다. 하지만 생각을 하면 할수록 지금 상황이 만만치 않다는 걸 알 수 있었다.

"가만. 이거 생각했던 것보다 상황이 복잡한데?"

당장에라도 보스를 잡을 것으로 생각했던 주혁은 생각만큼 일이 단순하지 않다는 걸 깨달았다.

가장 큰 문제는 보스에 관한 정보가 아무것도 없다는 거였다. 생김새나 이름, 몇 살로 보이는지와 같은 정보가 아무것도 없었다.

보스가 어느 곳에 있었는지 모른다는 것도 큰 문제였다. 그래서 보스를 어떻게 찾아야 하는지 막막했다. 보스가 마음먹고 숨어 있으면 주혁이 보스를 찾을 확률은 거의 없었다.

"이거 참 난감하네. 그렇다고 동전을 사용하지 않을 수는 없는데."

보스는 이미 동전을 사용한 상태. 동전을 사용하지 않으면 상대에게 당할 수도 있었다. 그러니 동전은 무조건 사용해야 했다.

"가능하면 보스를 잡을 방법을 사용해야 하는데……."

주혁은 머리를 쥐어짜 보았지만, 딱히 좋은 방법이 떠오르지 않았다. 여러 방법이 떠올랐지만, 무엇 하나 확실한 건 없었다.

"과거로 돌아가면 보스를 확실하게 찾을 수 있을까?"

확실하게 보스를 찾을 수 있다는 보장만 있다면야 과거로 돌아가면 된다. 하지만 그게 확실치 않으니 문제라는 거였다.

보스의 신상에 대해서는 알고 있는 게 아무것도 없었다. 그러니 과거로 돌아간다 하더라도 보스가 누구인지 확인할 방법이 없었다.

오드아이나 셰도우의 기억을 살피는 것도 생각해 보았다. 과거로 돌아가서 그들의 기억을 살피면 보스의 정체를 알아 낼 수 있을 것 같아서였다.

하지만 그것 역시 불확실한 방법이었다.

"곤란하네. 보스가 기억이나 정신과 관련된 능력이 있으니 조작을 해놨을 수도 있고."

오드아이나 셰도우의 기억도 100% 믿을 수 없었다. 확실한 단서 하나만 있어도 이렇게까지 고민을 하지는 않아도 될 텐데, 상당히 답답했다.

주혁에게 환상을 보도록 할 정도로 강력한 힘을 가지고 있는 보스였다. 오드아이나 셰도우와 같은 자들에게 환상을 심어주는 건 일도 아닐 것이다.

주혁이 생각하는 사이에도 계속해서 시간은 흘렀다.

기다리고 있을 때는 그렇게 흐르지 않던 시간이 지금은 정말 쏜살같이 흘러갔다.

고민은 끝이 없었다. 마땅한 방법은 떠오르지 않고 어느새 하루가 거의 지나갔다.

주혁은 그 자리에서 거의 하루를 고민하는 데 사용했다.

하지만 더 지체할 수는 없었다. 시간이 자정에 가까워지자 주혁은 결심을 내려야 했다.

"일단 하루가 반복되도록 하자."

주혁은 동전 하나를 사용해서 첫 번째 상자를 작동시켰다. 과거로 돌아가는 것보다는 이것이 좋겠다고 판단했다.

딩딩딩딩.

좌르르르르륵.

레버를 당기자 경쾌한 기계음이 들리면서 숫자판이 맹렬

히 돌아갔다.

"설마 이번에도 저번처럼 터무니없는 숫자가 나오지는 않겠지."

주혁은 조용히 숫자판을 지켜보았다.

이번에는 저번처럼 낮은 숫자가 나오지는 않았다.

나온 숫자는 132.

아주 좋은 건 아니었지만, 그럭저럭 괜찮은 숫자.

주혁은 이번에는 보스가 누구인지 확실하게 알아보기로 작정했다.

주혁은 계속해서 집 안에만 있었다. 보스의 상자가 작동할 때는 움직이지 말고 기다리는 게 가장 좋은 방법이었다. 자정이 지나도 날짜는 바뀌지 않고, 상자의 숫자는 계속해서 132를 보여주었다. 그렇게 대략 보름 정도의 시간이 흘렀다.

드디어 상자의 숫자가 131로 바뀌었다. 이제는 주혁이 움직일 차례였다. 하지만 그동안에도 미스터 K와 경호원들을 통해서 계속해서 주변을 감시했는데, 특별히 걸리는 일이나 사람은 없었다.

"보스는 보름 정도 시간이 있다는 거지?"

주혁은 자그마한 단서라도 찾기 위해서 모든 방법을 동원했다. 하지만 딱히 방법이 떠오르지 않았다.

그래도 이렇게 동전을 허무하게 허비할 수는 없었다.

"아무리 찾아와도 소용없을 거라고 분명히 말했을 텐데?"

"그렇게 생각한다면 상관하지 않으면 되는 거 아닌가?"

주혁이 찾아오자 이태영은 짜증을 냈다.

하지만 주혁의 말에는 대꾸하지 못했다.

그는 주혁에게 상자를 가지고 있었어도 성공할 수 없었을 거라는 말을 들은 이후로 부쩍 사소한 일에도 짜증을 냈다. 정신적으로 흔들리고 있기 때문이었다.

하지만 그는 그런 걸 인정하고 싶지 않았다. 그래서 자신이 흔들리고 있다는 걸 강하게 부정했지만, 부정하면 부정할수록 점점 더 혼란스러워졌다.

그래서였을까? 전과는 미묘하게 다르다는 게 느껴졌다.

주혁은 능력을 사용했고, 시간이 점점 느려지다 멈추었다. 그리고 눈에서 빛이 뻗어 나가 이태영의 머리로 향했다.

여기까지는 똑같았다. 그리고 스파크가 튀면서 안으로 들어가는 걸 막고 있다는 사실까지도.

하지만 작은 균열이 있었다.

'뭔가 보인다.'

짧게 스쳐 지나가는 영상이었지만, 분명히 무언가가 보였다.

주혁은 더욱 정신을 집중해서 공격을 강화했다. 그러자 영상이 눈앞을 휙휙 스쳐 지나갔다.

여러 기억이 뒤섞여 있었다. 이태영이 찍었던 영화의 촬영장 모습도 보였고, 햄튼의 저택도 보였다.

하지만 좀처럼 주혁이 원하는 건 보이지 않았다.

'어? 저건?'

주혁은 어디선가 본 듯한 집의 모습을 보고는 그게 어딜까 생각하면서 더욱 힘을 주었다.

하지만 그 순간 이태영의 머리에서 강한 빛이 생기더니 방어가 예전처럼 단단해졌다.

그리고 그 이후로는 예전과 마찬가지로 어떤 영상도 보이지 않았다.

"보스가 알아챈 것일까?"

이태영이 정신을 차린 것일 수도 있고, 보스가 손을 쓴 것일 수도 있었다. 하지만 중요한 건 이제는 그의 기억을 볼 수 없다는 거였다.

잠시 흔들렸던 이태영은 또다시 완벽한 광신도가 되어 있었다.

"후우, 아쉽네. 조금만 더 시간이 있었으면 좋았을 텐데."

주혁은 이태영과 헤어지고는 집으로 돌아오면서 중얼거렸다. 그리고 아까 보았던 그 집이 어디인지 떠올리려고 애썼다.

"분명히 어디선가 본 곳인데……."

주혁이 그 집이 어디인지 기억이 난 건 집에 도착해서였다.

기억이 나지 않을 수가 없었다. 그 집이 바로 눈앞에 보였으니까.

"맞아, 옆집이야."

주혁은 분명히 이태영이 옆집에 온 걸 보았다.

하지만 이상했다. 당연히 주혁도 자신의 집 근처에 있는 집들을 조사했다. 옆집도 마찬가지였다.

하지만 의심할 만한 아무런 것도 없었다.

"원래 있던 사람은 미국으로 발령을 받아서 집을 내놨고, 새로 온 사람도 평범한 직장인이었어. 매일 출퇴근하고, 집에는 아내가 있고."

신원도 모두 자세하게 조사했다. 하지만 전혀 문제가 없었다. 대한민국을 벗어난 적이 없는 아주 평범한 사람들이었으니까. 그래서 그들은 용의 선상에서 제외했다.

"아니야. 분명히 무언가 있는 거야."

주혁은 옆집에 무언가가 있다고 생각하고는 아주 자세하게 캐기 시작했다.

처음에는 정말 별것 아닌 것처럼 보였다. 하지만 교묘하게 숨겨진 진실들이 조금씩 드러나기 시작했다.

주혁도 보스가 상자를 노리고 있으니 분명히 집과 가까운 곳에 있으리라 생각했었다.

그래서 집 근처부터 조사하기 시작했다. 당연히 옆집에 이사 온 사람들도 경호원들이 조사했었다. 하지만 아무런 문제도 없다고 결론 내렸다. 신원이 모두 분명했으니까.

분명히 근처에 있을 텐데 찾을 수가 없었다. 아무리 뒤져도 수상한 일이나 사람이 없어서 의아하게 생각하고 있던 터였다. 하지만 자세히 조사하다 보니 수상한 점들이 드러나기 시작했다.

"그러니까 그 집에 살던 사람이 미국으로 발령을 받았는데, 그게 로저 페이튼이 있었던 투자 회사와 연관이 있다는 거네요?"

─그렇습니다. 그쪽에서 회사에 직접 요구를 했답니다. 담당자로 아예 지명을 한 거죠.

프로젝트를 공동으로 진행하는 조건으로 몇 가지를 이야기했는데, 그중 하나가 그 사람을 담당자로 불러달라는 거였다. 대우도 상당히 좋았다. 회사에서는 당연히 받아들였고, 이곳에 살던 사람도 조건이 좋은데 굳이 거절할 이유가 없었다.

자연스럽게 보이기 위해서 여러 가지로 조사를 하고 공을 들인 티가 났다. 정말 자세하게 뒤져 보기 전에는 이상하다는 점을 눈치채기 어려웠다.

"그렇다면 이곳에 이사를 온 사람들에게 뭔가가 있다는 소리인데……."

미국에 있는 조사원과 통화를 마치고 주혁은 확실히 무언가 있다는 걸 확신했다. 하지만 그것도 아주 이상했다. 너무나도 평범한 사람들이었으니까.

남자는 50대 초반, 여자는 40대 후반의 부부였다. 슬하에 아이가 없다는 게 좀 이상하기는 했지만, 사정을 듣고 나니 이해가 되었다.

원래 아이가 있었는데, 이혼하면서 아이들의 양육권을 어머니가 가졌다.

그래서 아이들은 지금 전처가 키우고 있었고, 남자는 한 달에 한 번 정도 아이들을 보러 간다고 했다.

그리고 지금 여자와는 5년 전에 재혼을 한 거였다. 여자는 의류 사업을 하다가 결혼을 하면서 정리했고, 이번이 초혼이었다.

주혁은 USB에 있는 조사 내용을 다시 살폈다.

하루하루 조사한 내용을 모은 것이라 조각조각 나뉘어 있었다. 하지만 이런 일에는 이제 익숙했다. 그래서 조사를 지시하는 것도 요령에 생겨서 아주 자세하게 조건을 달아서 지시했다.

"어디 보자. 충남 논산 태생이고, 고등학교까지는 논산에서 나왔고 서울에서 대학교는 다녔고 졸업 후에 바로 지금 다니는 회사에 입사."

딱히 문제가 될 건 없었다. 게다가 장기간 외국에 나간 적도 없었다.

그리고 그건 부인도 마찬가지였다. 한국에서 나고 자란 사람이었다.

"홍콩하고 일본에 잠깐 여행을 갔다 온 게 전부네. 하기야 그 정도 살면서 외국 여행 하지 않은 사람이 어디 있나."

아무리 봐도 이상한 점이 없었다. 게다가 둘은 집에도 거의 붙어 있지 않았다.

남자는 일 관계로 지방에 출장이 많았고, 여자는 사진이 취미라서 자주 출사를 나갔다.

"집이 자주 비어서 이들을 들여놓은 건가?"

그게 아니고서는 다른 이유는 알 수 없었다. 하지만 그것도 여전히 이상하기는 했다. 몇 달 동안 계속 집을 비우는 것도 아니었으니까.

'그건 그렇다 치고 이태영은 도대체 왜 그 집에 갔던 것일까?'

모든 것이 불확실했다.

그래서 주혁은 옆집에 사는 사람들을 직접 보기로 했다. 그리고 그들이 보스와 연관이 있는 것 같으면 기억을 확인하기로 했다.

[이봐, 상자의 기운이 사람에게 해가 될 수도 있지?]

[이득이 될 수도 있고, 해가 될 수도 있지. 과하면 해가 된다.]

주혁은 고개를 끄덕였다.

그런데 요즘 들어서는 상자가 부쩍 친절해졌다는 생각이 들었다. 친해졌다고 생각은 하고 있었는데, 최근에는 더 친근하게 대하는 것이 느껴졌다.

[어째 이야기도 잘해주고 예전보다 훨씬 부드러워진 것 같은데?]

[그거야 당연한 거 아닌가. 그만큼 인정을 받을 만하다는 게 증명되었으니까.]

[그래? 어쨌든 기분은 좋네.]

상자는 주혁이 지금까지 정말 잘해왔다고 생각하고 있었다. 그가 보여준 모습을 보면 그에게 행운이 따르는 것도 이해할 수 있었다.

그럴 만한 사람이었다. 상자도 이제는 인정할 만큼.

그래서 남은 시간이 많지 않다는 게 아쉬울 정도였다.

[참, 다른 사람의 기억을 보는 거 말이야. 그 사람에게 문제가 생길까?]

[그건 자네의 능력에 따라서 달라지지. 아주 적은 양의 기운은 사람에게 해가 되지는 않아. 오히려 몸에 좋다고 보아야지.]

[그래? 그러니까 아주 적은 양을 세밀하게 컨트롤할 수 있으면 문제는 없다는 거네?]

[그렇지. 하지만 지금 실력으로는 만만치는 않을 것 같군. 한 단계 올라선 상태라면야 문제가 되지 않겠지만.]

주혁은 살짝 고민이 되었다. 그는 쉽게 결정을 내리지 못하고 일단 부닥쳐 보고 나서 판단하기로 했다.

"날이 밝으면 일단 남자부터 만나봐야겠어. 그런데 회사로 찾아가야 하나?"

주혁은 어떻게 하면 자연스럽게 이야기를 할 수 있을까 고민했다. 그래서 일부러 일을 만들었다. 그가 다니는 회사와 CF 관련해서 미팅을 잡고 그와 이야기를 할 수 있는 자리를 마련할 수 있었다.

너무 급하게 진행한 일이라 굉장히 억지스러웠고 이상했지만, 주혁의 뜻대로 일이 진행되었다.

주혁은 광고를 잘 찍지 않기로 유명했다. 그런데 먼저 광고 모델이 되겠다고 연락을 해오니 어지간하면 그의 뜻대로 해주었던 거였다.

"그러면 잠깐만 여기에 계시면 몇 가지 손을 봐서 다시 오겠습니다. 아니면 뭐 원하시는 거라도 있으시면 저희가 준비를 하겠습니다."

회사 홍보부장이라는 사람은 굉장히 저자세로 나왔다. 절대로 걸어 들어온 복덩어리를 놓치지 않겠다는 굳은 결의가 보였다.

"별다른 건 없습니다. 그런데 여기 제 옆집에 사는 분이 근무하고 계신다고 하던데……."

주혁은 괜찮으면 인사라도 하고 싶다고 이야기했다.

아주 이상한 주문이었다. 옆집에 살면 서로 집에 있을 때 이야기를 하면 되는 거 아닌가.

그런데 회사에서 업무 미팅을 하다가 잠깐 쉬는 시간에 이야기를 나누고 싶다니.

그것도 홍보 관계자도 아니고 다른 부서에서 업무를 보고 있는 사람을 말이다.

하지만 주혁의 위치는 그런 이상한 요구도 이루어지게 했다.

주혁의 귀에는 밖에서 홍보부장이 닦달하는 소리가 들렸다.

"당장 데려오라니까?"

"저희 부서도 아닌데… 그리고 저 사람은 왜 갑자기 옆집 남자를 보고 싶다는 건데요? 그것도 나이도 많은. 그냥 비서

하고 회사 구경이나 하지."

"그걸 내가 어떻게 알아? 평소에 친한가 보지. 너, 떠들 시간 있으면 빨리 가서 데려오기나 해. 거기 부장이 뭐라고 하면 전무님 특별 지시라고 하고."

그리고 잠시 후에 그 남자가 주혁이 있는 방으로 들어왔다.

주혁은 일어서서 인사를 했다. 얼굴은 언뜻 본 것 같기도 했다.

"반갑습니다. 그냥 회사에 온 김에 생각나서 옆집에 사는 분도 여기 근무한다고 이야기를 했는데, 여기 분들이 신경을 과하게 써주시네요."

"아닙니다. 저도 한번 뵙고 싶었습니다. 이사 오면서 인사라도 하려고 했는데, 유명하신 분이고 워낙 바쁘셔서 제대로 인사도 못 드렸네요."

50대 초반의 남자는 상당히 호남형이었다. 키도 훤칠하고 관리를 잘했는지 몸도 꽤 좋아 보였다.

주혁은 자연스럽게 이야기를 나누었다.

술자리가 아니어서 깊은 이야기까지 하는 건 무리였지만, 어떤 사람인지를 파악하는 데는 문제가 없었다.

아무리 봐도 그냥 직장인이었다.

주혁은 혹시나 몰라서 그의 기억도 살폈다.

어지간하면 일반인에게는 능력을 사용하지 않으려고 했지

만, 이번에는 기억을 꼭 살펴야 할 것 같았다.

그래서 굉장히 조심하면서 세밀하게 기운을 컨트롤했다.

일반인이라서 그런지 기억을 살피는 데 아주 적은 양의 기운만으로도 가능했다. 하지만 오히려 적은 양의 기운을 세밀하게 컨트롤하려니까 무척 까다로웠다.

'후와, 이거 함부로 하면 안 되겠다. 잘못했다가는 큰일 날 뻔했네.'

주혁은 아슬아슬하게 기운을 거두어들이면서 생각했다. 까딱했으면 엄청난 기운이 자신의 앞에 있는 남자에게 쏟아질 뻔했다. 그랬으면 분명히 남자에게는 무슨 문제가 생겼을 것이다.

하지만 지금 그의 기억을 살피는 건 성공적이었다. 모든 기억을 세세히 뒤져 보지는 못했지만, 보스를 만나거나 인식하고 있는 흔적은 없었다. 그리고 보스가 기억에 손을 댄 흔적도 보이지 않았고.

'문제는 이것도 100% 정확하다고 볼 수는 없다는 거겠지. 하지만 일단은 이 남자는 아닌 것 같아.'

주혁은 그렇게 생각하면서 능력을 거두었고, 이야기를 마무리 지었다. 어차피 이 사람들은 기억도 하지 못할 일이다.

마지막 날에 주혁이 한 행동만 세상에는 진실이라는 이름으로 남아 있을 테니까.

"누구세요?"

주혁은 과자를 가지고 옆집의 초인종을 눌렀고, 문을 열면서 여자가 나왔다. 한쪽 손에는 고무장갑을 끼고 있었는데, 거기에는 김장 속이 잔뜩 묻어 있었다.

"옆집 사는 사람인데요, 인사나 좀 드리려고."

여자는 주혁을 보더니 깜짝 놀랐다. 유명한 배우인 강주혁이 옆집에 살고 있다는 건 알고 있었지만, 이렇게 직접 보는 건 처음이었다. 그녀는 어쩔 줄을 모르고 허둥지둥했다.

주혁은 원래 안에 들어가서 집을 좀 살펴보았으면 했다. 상대방 쪽에서 거실에서 차 한잔하면서 이야기를 나누자고 하는 게 보통이었으니까. 그런 이야기를 하지 않으면 주혁이 먼저 이야기를 꺼내도 이상할 건 없었고.

하지만 보아하니 김장을 하는 것 같으니 그럴 수는 없을 듯했다. 그녀는 대문으로 와서는 문을 열었다. 40대 후반이었지만, 그것보다는 약간은 젊어 보이는 여자였다. 남자와 마찬가지로 관리를 잘한 듯했다.

"김장하고 계신가 봐요?"

"예, 이거 차라도 한 잔 드리고 싶은데 집 안이 어수선해서 어쩌죠?"

"아니에요. 불쑥 찾아온 제가 잘못이죠. 이거 과자인데 수제라서 드시기에 괜찮을 것 같아 사 왔습니다. 다음에 찾아오면 차 한 잔 주세요."

"그럼요, 다음에 오시면 제가 꼭 대접할게요. 아니다, 그게 아니라 제가 댁에 계시면 한번 찾아가든지 연락드릴게요."

여자는 주혁을 이렇게 보낸다는 게 아쉽다는 게 표정에 역력했다.

주혁은 웃으면서 그러겠다고 했다. 그러고는 그녀의 기억도 살폈다. 기운을 컨트롤하는 데 신경을 쓰면서.

'역시나 별거 없네.'

특별한 기억은 없었다. 남자와 마찬가지로 모든 기억을 세세히 뒤져 보지는 못했지만, 보스와 관련된 기억은 없었다. 그리고 보스가 기억에 손을 댄 흔적도 보이지 않았다.

주혁은 인사를 하고는 집으로 돌아왔다.

'이상해. 분명히 무언가가 있는 것 같은데 말이지. 그러면 두 사람에게 집을 사라고 돈을 대준 부모나 가까운 지인인가? 부모나 지인이라면 집에 찾아온다고 해도 이상하지 않을 테니까.'

주혁은 그동안 옆집에 찾아왔던 사람들에 대해서도 알아보라고 하고는 지금까지 있었던 걸 정리했다.

"언제인지는 모르겠지만, 미래에 무슨 일이 있었겠지. 아마도 내가 보스를 위기에 빠뜨렸거나 그랬을 거야. 그랬으니까 보스가 동전을 사용한 거겠지."

자신이 유리했다면 그러지 않았을 것이다.

'그리고 동전을 두 개 사용했겠지. 그래서 과거 언제인가로 돌아갔고, 그때부터 보름 정도가 반복되는 하루를 살아가고 있다.'

주혁이 상자를 집 안에다가 감춘 것도 알았고, 확실하지는 않지만 억지로 꺼내려고 하다가 폭발을 경험하기도 했을 것이다.

주혁은 점점 몰입했고, 무언가 보일 것 같다는 느낌이 들었다.

상자는 주혁의 생각을 보면서 자신이 굳이 이야기를 해주지 않아도 되리라는 걸 느낄 수 있었다. 상자는 보스가 누구인지 알고 있다.

당연하지 않은가. 상자는 알란과 함께했으니 보스가 누구인지 알고 있다. 하지만 그걸 말해줄 수는 없다.

그것이 규칙이었으니까.

하지만 말해주지 않아도 주혁이 그를 알아낼 수 있으리라 생각되었다.

'고정관념에서 벗어나라고 친구. 그것만 벗어나면 알아낼

수 있을 테니까.'

주혁은 자료들을 살펴보다가 문득 생각난 게 있었다.

"가만. 둘이 결혼한 게 5년 전이라고 했지?"

그들이 결혼을 한 건 2008년 초였다.

주혁은 문득 떠오르는 게 있었다.

"그래. 외삼촌이 사고를 당하고 내가 습격을 받은 게 그 즈음이었어."

그리고 그걸 진행한 건 세도우였다. 그리고 아마도 보스도 관여했을 것이다.

"그렇다면 세도우가 한국에 들어온 기록이 있을 거야."

모습을 숨기고 이동을 할 수도 있겠지만, 그러지는 않았을 것이다. 공항에는 전신 검색기 같은 장치가 있다. 그리고 모습을 숨기면 비행기를 이용하는 데도 문제가 있다. 여러 가지 정황으로 볼 때 세도우의 출입국 기록이 있다고 생각되었다.

주혁은 보스가 아닌 세도우와 관련된 정보를 모으기 시작했다.

주로 2008년 사고가 일어났던 시기의 정보를.

거의 5년 전 자료라서 구하기가 어려웠지만, 아직 남아 있는 자료가 간혹 있었다.

주혁은 세도우와 같이 한국에 온 사람이 있다는 걸 알아냈다.

하지만 그 사람이 출국했다는 기록은 없었다. 비자를 연장하지도 않았다. 한국에 들어와서는 사라진 거였다.

주혁은 모든 인력을 동원해서 그 사람의 자취를 뒤쫓았다. 그리고 그가 잠시 머물렀던 장소를 알아냈다. 그리고 그곳은 지금 옆집으로 이사 온 사람들의 신혼집 근처였다.

"분명히 거기서 무슨 일이 일어난 거야."

주혁은 차를 타고 그 장소로 향했다. 아무리 신경을 썼어도 흔적은 분명히 있을 것이다.

"이제 확실하게 알 수 있겠지. 옆집 사람인지, 아니면 그 주변에 있는 사람인지."

CHAPTER **82**
최후의 결전

"여기가 그 집인가?"

주혁은 셰도우와 같이 입국했던 외국인이 살았던 집을 살피면서 중얼거렸다. 외딴곳에 있는 허름한 집이었는데, 오랫동안 방치되어서인지 폐가처럼 보였다.

"지금은 아무도 살지 않는다고 그랬지?"

언뜻 보기에도 그럴 것 같았다. 문을 열었을 때 눈앞에 나타난 광경은 밖에서 본 것보다 훨씬 지저분했으니까. 쓰레기가 나뒹굴고 있었고, 깨지고 부서진 물건들이 여기저기 보였다. 그리고 빈 술병이 나뒹굴고 있었다. 아마도 근처 불량배

들이 밤에 모여서 술이라도 마신 듯했다.

"니야옹~"

고양이 한 마리가 구석에서 침입자를 경계하고 있었다.

고양이에게 다가가려 했지만, 주혁이 움직이자 고양이는 재빨리 쓰레기 더미 사이로 모습을 감추었다.

그는 집 안도 살펴보았지만, 밖이나 마찬가지였다. 쓰레기와 온갖 지저분한 잡동사니가 가득했다.

"한번 살펴보세요."

주혁은 뒤에 있는 사람들에게 이야기했다. 어차피 이런 종류의 일은 전문가에게 맡기는 것이 좋다. 미스터 K에게 소개받은 전문가들이 여러 장비를 가지고 곳곳을 뒤지기 시작했다.

생각보다 단서를 발견하는 건 쉽지 않았다.

하지만 시간은 주혁의 편이었다. 샅샅이 뒤지다 보니 결국에는 단서가 나왔다. 그것도 아주 결정적인 단서가.

"시체군요. 신원은 확인했나요?"

집의 뒤쪽에 있는 담장 밑에서 시체가 발견되었다. 거의 백골이라고 보아도 무방할 정도였는데, 전문가는 정상적인 상황이라는 전제하에 대략 4년에서 6년 정도 된 시체인 것 같다고 이야기했다.

"신원을 확인하려면 시간이 조금 걸립니다."

"얼마나 걸리죠?"

"빨라도 하루 정도는 있어야 합니다."

누구의 시체인지 짐작이 가는 사람이 있었다. 옆집 남자의 아버지였다. 옆집 사람과 관련이 있는 사람 중에서 유일하게 외국 여행이 잦은 사람이었다. 지금도 미국에 가 있었다. 게다가 이 집을 살 때 돈을 빌려준 것도 옆집 남자의 아버지였다.

하지만 단정을 할 수는 없는 일. 옆집과 관련된 사람들은 모두 대조를 해볼 생각이었다. 그리고 그들과는 상관없는 그런 시체일 수도 있었고. 이런 일일수록 정확하게 확인을 할 필요성이 있었다.

"어떻게, 오늘 안에 할 수는 없습니까?"

주혁의 질문에 전문가는 황당하다는 표정을 지으면서 대답했다.

"하루에 하는 것도 다른 일을 모두 멈추게 하고 진행할 경우에 그렇다는 겁니다. 오늘 안에는 절대로 불가능합니다."

주혁은 입맛을 다셨다. 결과가 내일 나온다는 말은 동전을 하나 더 사용해야 한다는 말이었다.

하지만 이 결과는 꼭 알아야 했다.

주혁은 집으로 돌아가서 상자를 확인했다.

숫자는 7. 조사에 시간을 생각보다 많이 사용했다.

"어쩔 수가 없나?"

궁리를 해보았지만, 별다른 방법이 없었다.

주혁은 어쩔 수 없이 동전을 하나 더 사용하게 되었다.

*　　　*　　　*

어둠 속에 희미한 사람의 형체가 보였다. 그는 가만히 거울을 보고 있다가 핸드폰을 들었다. 어둠 속에서 핸드폰의 액정만이 반짝였고, 방 안에서 나는 소리라고는 핸드폰의 소리밖에는 없었다.

―예, 보스.

이태영의 목소리가 들렸다.

그는 목을 어루만졌다. 그러자 목이 있는 곳에서 이상한 소리가 났다.

그는 헛기침을 하고 목소리를 점검한 뒤에 말을 했다.

"내일이면 모든 것이 끝날 거다. 그러니 집 근처에서 대기하고 있도록."

―드디어. 축하드립니다, 보스.

보스의 기괴한 목소리가 어두운 방 안에 울렸다.

"내가 연락을 하면 곧바로 주혁을 막아야 한다. 네 능력이면 경호원 정도는 문제가 되지 않을 테니 주혁만 전력을 다해서 막으면 된다. 알고 있겠지?"

―물론입니다, 보스. 제 모든 것을 걸고 반드시 막겠습니다.

"그래. 네가 주혁을 막고 있는 사이에 모든 게 끝날 것이다. 내가 일을 끝낸 후에는 너를 잊지 않으마."

―감사합니다, 보스.

통화를 마치고 나서 보스는 흰 이빨을 드러내며 웃었다.

"잊지는 않으마. 주혁과 함께 장렬하게 자폭을 한 공로를 생각해서 매년 무덤에 꽂은 내가 놔주도록 하지."

주혁이 가지고 있는 상자를 빼낼 방법은 간신히 확보했다. 이제는 실행에 옮기는 일만 남았을 뿐. 보스는 사진을 한 장 꺼냈다.

"경호원 중에서 그나마 나랑 골격이 비슷한 자는 이 녀석이란 말이지. 그리고 내일 근무를 하고."

보스는 거울 앞으로 움직여서 자신의 모습을 바라보았다. 그런데 그의 얼굴과 몸이 조금씩 꿈틀거리기 시작했다. 여기저기 살덩어리가 제멋대로 움직이는 모습은 말할 수 없이 기괴했다. 꿈틀거림은 점점 심해지다가 어느 순간 서서히 잦아들었다.

그러고는 모든 것이 멈춘 뒤에 거울에 보이는 건 사진 속에 있는 여자 경호원의 모습이었다. 보스는 씨익 웃었다.

"이제 내일이면 모든 것이 끝난다. 나는 영생과 영원한 젊음, 그리고 모든 것이 완벽해진 육체를 가질 수 있어."

보스는 검은 장갑을 낀 손을 꽉 움켜쥐었다. 얼마나 기다렸던 순간인가. 그는 또다시 어딘가에 전화를 걸었다.

"끝내라."

보스는 그 한마디만 하고는 통화를 마쳤다. 사진 속에 있는 여자 경호원은 내일 뜨는 해를 보지 못할 것이다. 그리고 자신이 그를 대신해서 내일 주혁의 집 근처에 있게 될 것이다.

자신과 대화를 하는 건 책임자 한 사람.

보스는 또다시 목 부근을 어루만졌다.

"목에 문제가 있다고 이야기하면 되는 거고."

아까 들었던 기괴한 목소리 대신에 목이 쉰 듯한 여자 목소리가 들렸다.

"이태영만 제 몫을 해주면 모든 것이 완벽해."

이태영은 자신의 생명력을 모두 불태우면서 주혁을 막을 것이다. 주혁이 제아무리 강한 능력을 발휘할 수 있다손 치더라도 생명력을 끌어다 쓰는 이태영을 단숨에 뿌리치는 건 불가능한 일.

상자를 모두 모은다 하더라도 주혁의 파워는 무시할 수 없다. 주혁은 온종일 집 안에 있다. 가끔가다 마당에 나오는 것이 전부이다.

그러니 마당에 나왔을 때, 이태영이 그를 붙잡아주어야 한다.

그사이에 자신은 안으로 들어가서 상자를 꺼내면 된다.

이태영은 모르고 있었지만, 생명력이 한계에 다다르면 몸이 폭발하게 되어 있다. 말 그대로 인간 폭탄인 셈이다. 그걸 준비하느라고 시간이 오래 걸렸다.

"펑! 그러면 모든 게 끝이지."

상자를 꺼내는 데는 정말 잠깐이면 된다. 그리고 자신의 피를 묻히면 상자는 자신의 것이 되고.

이태영의 생명력은 못해도 이십 분은 시간을 끌어줄 것이다. 이십 분이 지나면 터지는 폭탄. 하지만 상자를 꺼내는 데는 오 분이면 충분하다.

만약에 주혁에게 당한다 하더라도 십 분 정도만 끌어주면 된다. 그러면 자신은 상자를 가지고 이미 다른 곳으로 향하고 있을 테니까.

보스는 기억을 떠올렸다. 자신이 당할 뻔했다. 주혁이 먼저 자신의 정체를 파악하고 공격해 왔으니까.

하지만 간신히 동전을 사용할 수 있었다. 그리고 과거로 돌아와서는 차근차근 준비했다.

"동전도 충분하고 이제 정말 마지막이군."

보스는 희미하게 웃었다. 그리고 그의 얼굴이 꿈틀거리기 시작했다. 여전히 방은 암흑 속에 있었다.

하지만 그 어두운 방 안을 멀리서 쳐다보는 노인이 있었다.

"콘차. 이제 곧 보겠구나."

알란의 눈에는 약간 물기가 보였다.

그는 자신의 아이 이름을 나지막하게 몇 차례 더 불러보았다.

너무나도 그리운 그 이름을.

＊　　　＊　　　＊

주혁은 연락이 오기를 기다렸다. 검사 결과가 곧 나오기로 되어 있었다. 엄청나게 닦달을 해서 최대한 빨리 결과를 알려달라고 해서 오전에 연락을 주기로 한 거였다.

"거 참. 기다리고 있으면 시간이 참 안 간단 말이야."

주혁은 조급한 마음에 이리저리 몸을 움직였지만, 시간은 더디게 흐르기만 했다. 그리고 집 안에만 있었더니 가슴이 답답했다.

주혁은 현관문을 열고 밖으로 나갔다. 겨울의 차가운 바람이 얼굴을 덮쳤다. 낮에도 대부분 영하의 날씨라고 한 게 맞는 듯했다. 해가 떴는데도 살갗에 와 닿는 바람은 무척이나 서늘했다.

시원한 공기가 코를 통해 가슴까지 들어오니 몸이 부르르 떨렸다. 하지만 답답한 마음은 조금은 가시는 느낌이 들었다. 그리고 정신도 맑아지는 것 같았고.

"겨울은 겨울이구나."

12월도 이제 거의 다 간 상황. 오늘이 12월 20일이니 크리스마스가 코앞이고, 올해도 며칠 남지 않았다.

이렇게 또 올해가 저물어간다고 생각하니 감회가 새로웠다. 그리고 이제 모든 게 끝난다는 생각을 하니 무척 묘한 기분이었고.

말을 할 때마다 주혁의 입에서 허연 김이 담배 연기처럼 공중에 뿜어졌다.

미래는 밖에 나온 게 기분이 좋은지 추위에는 아랑곳하지도 않고 여기저기를 신이 나서 뛰어다녔다.

주혁은 마당을 잠시 서성이다가 안으로 다시 들어가려고 했다. 그런데 미래가 갑자기 밖을 보면서 으르렁거리는 게 아닌가.

"왜 그래?"

주혁은 대문 밖을 보았다. 그런데 그곳에는 경호원의 모습밖에는 보이지 않았다. 주혁도 잘 아는 얼굴이었다. 몇 안 되는 여자 경호원 중 한 명이었으니까.

주혁은 골목에 무슨 일이라도 있나 싶어서 나가려고 했는데, 핸드폰이 울려서 걸음을 멈추었다.

그는 재빨리 전화를 받았다. 기다리고 있던 그 전화였기 때문이었다.

"어떻게 됐습니까?"

ㅡ결과가 나왔습니다.

주혁은 자신도 모르게 침을 꼴깍 삼켰다. 그리고 무어라고 말을 하는지에 온 정신이 집중되었다.

미래가 계속해서 짖었지만, 주혁은 손짓으로 조용히 하라고 하고는 핸드폰을 더욱 귀에 가까이 가져갔다.

"남자의 아버지인가요?"

ㅡ아닙니다. 일가족 중에 있는 인물이기는 하지만 남자의 아버지는 아닙니다.

주혁은 어서 결과를 말하기를 기다렸다.

그러는 중에도 미래는 계속해서 대문 밖을 보면서 으르렁거리고 있었다.

주혁은 대문을 등지고 있으면서 계속해서 미래에게 조용히 하라고 손짓을 했다.

ㅡ시체는 여자였습니다. 정확하게는 옆집 남자와 결혼한 여자의 시체였습니다.

"예?"

주혁은 깜짝 놀라서 소리를 질렀다. 전혀 예상하지도 못한 인물이었기 때문이었다.

그렇다면 자신이 인사를 한 그 여자는 누구란 말인가.

"확실합니까? 그 여자가 맞습니까?"

─예, 확실합니다. 그리고 재미있는 게 또 있었습니다.

전화를 건 사람은 옆집 여자의 DNA가 부모와 일치하지 않았다고 이야기했다. 다시 말해서 옆집 여자는 이미 죽었고, 전혀 다른 사람이 그 여자 행세를 하고 있다는 거였다.

주혁은 섬뜩한 느낌이 들었다.

자신이 인사를 한 그 여자가 가짜라니. 그런데 문득 미래가 계속해서 대문을 향해서 으르렁거리는 게 수상하다고 생각했다.

주혁은 대문을 등지고 있었고 통화에 정신이 팔려서 모르고 있었지만, 대문 뒤에는 그가 잘 아는 사람이 도착해 있었다.

주혁의 뒤로 대문이 스르륵 열리면서 이태영이 모습을 드러냈다.

주혁은 천천히 고개를 돌리다가 이태영이 있는 걸 보고는 흠칫 놀랐다.

미래는 이를 드러내면서 계속해서 으르렁거렸다.

그리고 이태영의 뒤로 여자 경호원이 들어왔다.

"나랑 잠깐 함께 있어야겠는데?"

이태영은 환하게 웃으면서 이야기했다. 그는 말을 하면서 주혁에게 다가왔는데, 몸에서는 상당한 기운이 느껴졌다. 지금까지 봤던 이태영의 모습과는 다른 아주 강력한 기운이었다.

그리고 주혁은 그것이 무언지 알 수 있었다.

'생명력을 태우고 있어.'

이태영은 이미 생명은 도외시하고 있었다. 그는 주혁에게 다가와서 그를 꽉 잡으려고 했다.

그리고 그 순간 주혁의 눈에는 이상한 게 보였다.

여자 경호원이 비릿한 미소를 입가에 매달고는 현관문을 향해 움직이는 게 보였다. 이태영이 현관과 주혁 사이를 가로막으면서 접근하고 있었고, 그 틈으로 그녀가 움직이는 거였다.

그리고 이태영은 계속해서 힐끗거리면서 그녀를 살폈다. 마치 그녀의 눈치를 보는 것처럼.

주혁은 눈을 부릅뜨고 그 여자를 쳐다보았다.

그녀는 아주 태연하게 움직였는데, 그 모습을 보고는 주혁은 순간적으로 직감했다. 저 여자가 보스라는 사실을.

주혁은 재빨리 보스를 막기 위해서 움직였다. 보스가 저런 식으로 나올 때는 분명히 무언가 속셈이 있을 터. 그녀가 들고 있는 가방이 아무래도 수상했다. 그래서 그녀를 막으려고 했지만, 그와 보스 사이에는 장애물이 있었다.

"어딜."

이태영이 주혁의 앞을 가로막았다. 그래도 격투를 제대로 배운 주혁이었다. 어지간한 남자는 서넛이 덤벼들어도 순식간에 그 자리에 눕힐 수 있는 실력이 있었다.

주혁은 두 손을 번개같이 놀려서 이태영의 관자놀이와 목덜미, 그리고 옆구리를 때렸다.

타다닥.

거의 동시에 타격이 이루어져서 마치 드럼을 빠르게 두드리는 것 같은 소리가 났다.

하지만 공격을 한 주혁의 표정은 좋지 않았다.

'뭐야, 몸이 왜 이래?'

사람의 몸이 아니라 돌이나 쇠를 때린 것 같은 느낌이 들었다. 그리고 이태영의 표정은 전혀 변화가 없었다. 생명력을 불태우면 신체가 강화되는 효과가 있는 모양이었다.

이렇게 되면 타격은 소용이 없다.

주혁은 어떻게든 이태영을 피해서 현관으로 다가가려 했지만, 이태영은 그를 놓치지 않았다.

결국, 이태영은 주혁의 옷깃을 붙잡았고, 둘은 서로 뒤엉켜서 밀고 당기기를 반복했다.

주혁은 이태영을 뿌리치고 여자 경호원을 잡으려고 했다.

하지만 아무리 힘을 주어도 이태영을 떨쳐 낼 수가 없었다.

'뭐야, 꼭 쇳덩어리 같잖아?'

이태영의 몸무게가 200㎏은 나가는 것같이 느껴졌다. 게다가 그가 자신을 압박하는 힘도 무시무시했다. 그를 뿌리치고 보스에게 달려가기는커녕, 초인적인 괴력을 발휘하고 있는 이태영을 상대하는 것도 만만치 않았다.

"포기하시지."

이태영은 약간 숨을 헐떡이면서 말했다.

주혁은 난감해하면서 현관 쪽을 바라보았다. 하지만 보스도 아직 집 안으로 들어가지는 못하고 있었다.

크르르르~

미래가 무시무시한 기세를 내뿜으면서 보스의 앞을 가로막고 있었다. 보스를 잔뜩 노려보면서 커다랗고 날카로운 이빨을 모두 드러내고는 으르렁거리고 있었다. 덩치가 산만 한 녀석이 그러고 있으니 그냥 멀리서 보기만 해도 위압감이 느껴졌다.

맹수의 기세. 야수의 흉폭함이 고스란히 전해졌다. 조금이라도 가까이 오면 찢어발기겠다고 이빨을 드러내고 있으니 보스도 어찌할 바를 모르고 있었다. 설마하니 개가 이렇게까지 문제가 될 것이라고는 생각지도 않아서 더욱 당황하고 있었다.

보스는 옆집에서 지하를 통해서 금고를 노렸었다. 당연히 개가 문제가 된 적은 없었다.

그리고 보스가 얼마나 놀라운 능력의 소유자인가. 그런 그녀가 개가 있다고 걱정을 하는 게 더 이상한 거였다.

그녀는 이내 정신을 차리고 능력을 사용했다. 이깟 개 정도는 정신을 제압하면 된다고 생각하고 미래를 노려보았다. 그리고 덩치가 커다란 이 개가 순한 양처럼 변하리라 생각했다.

하지만 그녀는 더욱더 당황하게 되었다. 자신의 능력이 먹히지 않았기 때문이었다.

"뭐야, 이 개는?"

보스는 당황해서 뒤로 살짝 물러섰다. 무언가 강한 힘이 자신의 공격을 방어하고 있었다.

그런 힘은 단 한 가지뿐이다.

개가 상자의 힘을 가지고 있는 거였다.

보스는 이상하다고 느꼈다. 자신의 상자만이 가지고 있는 능력이라고 알고 있었으니까.

오드아이와 셰도우, 그리고 이태영이 능력을 사용할 수 있는 이유가 무엇이겠는가. 보스는 자신이 원하는 사람에게 상자의 힘을 나누어 줄 수 있었다. 정확하게 이야기하면 일정 기간 공유한다는 게 더 정확한 표현이겠지만.

보스가 가진 상자는 나온 숫자만큼 과거로 돌아가게 되는 기능을 가지고 있었다. 그런데 상자 일정 범위에 있는 사람에게 효과가 똑같이 적용되었다. 과거로 돌아간 것도 모두 기억하고, 동전의 효과가 계속되는 동안 상자의 기운도 똑같이 나누어 받았다.

'분명히 그럴 수 있는 상자는 내가 가지고 있는 상자밖에는 없다고 했는데? 그럼 도대체 이 개는 뭐지?'

미래의 경우는 조금 달랐다. 미래는 상자의 기운을 평소에도 계속해서 받아왔다. 당연히 미래의 기운은 셰도우나 오드아이보다도 강했다.

하지만 사실 보스의 상대는 아니었다.

그렇지만 미래는 사람이 아니고 동물이다. 게다가 덩치가 어마어마했다.

그런 미래가 야수성을 내보이며 위협하자 보스는 심리적으로 위축되었다. 사람이라면 누구라도 두려워하지 않겠지만, 맹수라서 위협을 느끼는 거였다.

"크어엉~"

미래가 울부짖으며 달려들려고 하지 보스는 자신도 모르게 움찔거렸다. 그리고 점점 뒤로 물러섰다. 앞으로 다가갔다가는 당장에라도 저 커다란 개가 달려들어서 자신의 목덜미를 물어뜯을 것 같아서였다.

보스는 계속해서 정신을 제압하려고 했지만, 그럴 때마다 미래가 크게 짖으면서 달려들 듯 움직였다. 그러면 또 뒤로 물러서고.

몇 차례 그런 패턴이 반복되었다.

보스는 미칠 지경이었다. 이렇게 시간을 허비하고 있을 때가 아니었다. 빨리 안으로 들어가서 상자를 찾아야 했다. 이태영이 주혁을 막을 수 있는 시간은 한계가 있었다. 그리고 지금 이 기회를 놓치면 다시는 기회가 없을지도 모른다. 그러니 어떻게든 저 개를 제치고 안으로 들어가야만 했다.

그리고 더욱 그녀를 불안하게 만드는 사실이 있었다. 지금 자신이 가지고 있는 가방 안에 상자 두 개가 들어 있었다. 이곳에서 바로 상자 다섯 개를 합친 다음에 모든 것을 마무리할 생각이었으니까.

그래서 만약에 일이 잘못되면 정말 큰일이 나는 거였다. 하지만 무서웠다. 머리는 자신이 충분히 상대할 수 있다고 이야기하고 있었지만, 저 호랑이 같은 녀석을 보고 있으면 몸이 제대로 움직이질 않았다.

그건 보스가 그동안 직접 움직인 경우가 거의 없어서이기도 했고, 여자였기 때문에 그런 것이기도 했다.

'그렇지! 잘한다, 우리 미래.'

이런 상황을 보고는 주혁은 쾌재를 불렀다. 그도 분명히 알고 있었다. 이태영이 계속해서 자신을 막을 수 없다는 사실을. 생명력을 불태우는 것도 한계가 있는 것이다. 시간이 조금만 지나면 제풀에 쓰러질 것이고 그럼 보스를 잡을 수 있게 된다.

이태영이 쓰러지는 게 빠르냐 아니면 보스가 방에 들어가는 게 빠르냐의 싸움이었다.

이태영도 보스가 안으로 들어가지 못하자 당황하는 기색이 역력했다. 보스가 안으로 들어가지 못하면 자신의 수고가 모두 허사가 되는 것이었으니까.

물론 보스가 안으로 들어간다고 해서 이태영을 위해서 무언가를 하지는 않을 것이다. 하지만 자신에게 다시 젊음을 되돌려 줄 것으로 철석같이 믿고 있는 이태영 입장에서는 보스가 안으로 들어가야만 했다.

하지만 보스가 미래를 뚫고 안으로 들어갈 수 있을 것처럼 보이지는 않았다.

이태영은 지금이 결단을 내려야 하는 순간이라고 생각했다.

"크아아아!!"

그는 괴성을 지르면서 주혁을 확 밀어냈다.

주혁은 갑자기 엄청난 힘이 자신에게 쏟아지는 걸 느끼면서 뒤로 붕 떠서 날아갔다. 그리고 공중을 날아가면서 분명히 보았다. 이태영의 얼굴과 머리카락이 순식간에 변하는 광경을.

이태영의 얼굴에 점점 실금 같은 것이 생기더니 피부의 윤기가 조금씩 사라졌다. 그리고 머리카락도 중간에 희끗희끗한 게 보이다가 주혁이 벽에 부딪힐 때는 거의 절반 정도가 흰색으로 변해 있었다.

기괴한 장면이었지만, 주혁은 거기에 놀라고 있을 시간이 없었다. 지금이 인생에서 가장 중요한 타이밍이었다.

주혁은 등에 느껴지는 고통을 느낄 새도 없이 바로 자세를 바로 하고는 현관을 향해서 냅다 뛰었다.

현관 앞에는 이태영이 미래와 격렬한 싸움을 벌이고 있었다. 이태영이 괴력을 발휘하고 있었지만, 미래의 힘도 무시무시했다.

"크어어엉~"

미래는 접근하는 이태영에게 달려들었는데, 워낙 빠르게 달려들어서 이태영이 할 수 있는 거라곤 팔로 미래의 이빨을 막아내는 것뿐이었다. 미래는 팔을 물고는 이리저리 움직였는데, 괴력의 이태영도 미래에게는 끌려다니며 비틀거렸다.

이태영의 몰골은 말이 아니었다. 그의 왼팔은 두툼한 파카를 입고 있음에도 이미 피로 물들어 있었고, 얼굴에도 상처가 보였다. 머리는 완전히 헝클어져 있었고.

하지만 그가 결사적으로 몸으로 막는 사이에 보스는 현관문을 열고 안으로 들어가는 데 성공했다. 주혁이 있는 힘껏 달렸지만, 현관 근처에 도착하기도 전에 보스는 안으로 들어가 버렸다.

'아직은 괜찮아. 금고를 열고 상자를 꺼내려면 시간이 걸릴 테니까.'

주혁은 이를 악물고 달려서 미래와 싸우고 있는 이태영의 옆구리를 있는 힘껏 걷어찼다.

빠악!

둔탁한 소리가 들렸다. 하지만 이태영은 그다지 큰 충격을 받은 것 같지 않았다.

주혁은 미래가 얼마나 괴물 같은 존재인지 알 수 있었다. 자신이 이렇게 고전하고 있는 이태영을 궁지로 몰아넣었으니까.

"미래야, 이 녀석 막고 있어."

주혁은 이태영과 드잡이질을 하면 안 되겠다고 생각하고는 바로 집 안으로 들어가기 위해서 움직였다. 원래는 한 방에 이태영을 쓰러뜨리고 미래와 같이 안으로 들어가려고 했다. 하지만 있는 힘껏 찼는데도 상대는 별다른 충격을 받은 것 같지 않았다.

'공연히 여기 있다가는 시간만 잡아먹겠어.'

주혁은 그렇게 생각하면서 집 안으로 들어가려고 했다.

하지만 이태영이 주혁의 뒷덜미를 잡아끌었다.

'이런, 젠장.'

주혁은 귀찮게 되었다고 생각하면서 아예 옷을 벗어 던지려고 했다. 그와 투닥거리느니 잡혀 있는 옷을 벗는 게 더 좋을 것 같았다.

하지만 그럴 필요가 없어졌다.

"으아악!!!"

주혁의 옆으로 흰 그림자가 훌쩍 떠서 날아가더니 이태영의 처절한 비명이 들렸다. 어떤 상황인지는 보지 않아도 뻔한 일. 주혁은 아주 다급하게 안으로 뛰어들었다. 무언가가 툭 끊어지는 듯한 느낌이 들었기 때문이었다.

아주 기분 나쁜 느낌이었다.

쾅!

자신의 방문을 거칠게 열고 들어가니 금고는 이미 열려 있었다. 그리고 상자도 모두 꺼낸 후였다.

바닥에는 그녀가 가지고 온 가방이 열린 채 놓여 있었고, 이상한 장비가 하나 보였다. 아마도 금고를 여는 데 사용한 장비인 것 같았다.

어떤 원리인지는 모른다. 금고를 만든 회사에서 가져온 장비일 수도 있고, 특수하게 제작된 장비일 수도 있다. 하지만 이제는 그건 중요하지 않았다.

중요한 건 가방에 들어 있는 두 개의 상자와 바닥에 놓여 있는 두 개의 상자, 그리고 보스의 손에 들려 있는 하나의 상자였다. 드디어 다섯 개의 상자가 한자리에 모인 것이다.

주혁은 상자를 슬쩍 보았다. 하나의 상자에 핏방울이 묻어 있었다. 아마도 세 개 중에서 두 번째 상자를 자신의 것으로 만들려는 순간에 주혁이 들어온 듯했다.

"처음 본다고 해야 하나요? 아니면 구면이라고 해야 하나요?"

주혁은 살짝 이를 갈면서 말했다.

보스는 아주 복잡미묘한 표정을 지어 보였다. 손가락을 자꾸만 까딱거리는 게 상자에 피를 묻힐까 고민을 하는 것 같았다.

[이봐, 괜찮아?]

[아주 적절한 순간에 들어왔군. 영화의 한 장면 같았어. 역시 배우라 이건가?]

상자는 농담을 던졌다. 주혁은 상자의 목소리가 이렇게 반가운 적은 처음이었다. 보스가 피를 묻힌 건 처음에 자신이 얻은 상자는 아닌 모양이었다.

[지금 하나가 보스에게 넘어간 건가?]

[그래. 지금 손에 들린 게 로저 페이튼이 가지고 있던 상자이고, 바닥에 있는 것 중에서 너에게 가장 가까이 있는 게 나지.]

주혁은 안도했다. 만약 보스가 지금 손에 든 상자를 자기 것으로 만든다고 해도 그사이에 자신의 상자를 차지하면 되니까.

"처음이라고 해두지."

보스는 기괴한 목소리로 말했다.

주혁은 첫 번째 상자가 있는 곳으로 걸음을 옮기면서 대답했다.

"원래 얼굴은 그게 아닐 텐데 이제 서로 숨길 것도 없을 테니 본모습으로 돌아가는 게 좋지 않을까요?"

"그것도 그렇군."

주혁은 걸음을 멈추었다. 보스의 얼굴이 마구 뒤틀리면서 울룩불룩 움직였기 때문이었다. 구역질이 나는 광경이었다.

주혁은 눈살을 찌푸렸는데, 그 틈을 노리고 보스가 느닷없이 움직였다. 주혁의 발밑에 있는 상자를 집어 들기 위해서 몸을 날렸다.

하지만 주혁은 놀라기는 했지만, 긴장을 늦추지는 않았다. 그녀가 상자를 집기 전에 발로 뻥 차서 방구석으로 상자를 날려 버렸다. 그리고 상자가 떨어진 곳으로 먼저 움직였다.

"이런 식으로 나오면 곤란한데."

주혁은 뒤에 상자가 있는 걸 확인하고는 보스를 견제하면서 서서히 뒷걸음질 쳤다. 그러는 사이에 보스의 얼굴이 뒤틀

리던 게 멈추었다. 서양 여자의 모습이었다. 그런데 얼굴을
어디선가 본 것 같은 느낌이 들었다.

'어? 어디선가 분명히 봤는데?'

주혁은 어디서 봤는지 기억을 더듬었지만, 쉽사리 생각나
지 않았다.

주혁은 기억을 더듬다가 왜 보스의 얼굴을 본 것 같았는지
알 수 있었다. 보스의 얼굴을 본 게 아니었다.

"아, 그때 병원에서……."

주혁은 세인트 엘모 식당에서 총에 맞았을 때, 병원에서 본
노인이 생각났다. 자신에게 먼저 모자를 벗으면서 인사를 하
던 노신사. 그리고 그 노신사는 비아냥거렸던 백인을 강하게
질책해서 강렬한 인상을 남겼었다.

스쳐 지나가는 사람이었다면 주혁도 기억하지 못했을 것
이다. 하지만 그 노신사는 워낙 강한 인상을 남긴 사람이라
주혁이 기억하는 거였다. 그리고 자신의 눈앞에 있는 보스는
분명히 그 노신사와 인상이 무척 비슷했다.

세상에는 비슷한 사람도 있을 수 있지만, 주혁은 둘이 부녀
사이일 것이라는 생각이 들었다. 그냥 느낌이 그랬다. 얼굴의
형태 같은 게 아니라 풍기는 분위기가 비슷해서 그런 것 같았
다.

"그 사람이 알란이었나?"

주혁의 말에 보스의 눈동자가 흔들렸다. 알란은 그녀에게
는 애증의 대상이었으니까. 가장 두렵고 미워하는 존재이면
서, 가장 보고 싶기도 한 사람. 자신의 앞길을 가로막은 사람
이면서, 한편으로는 자신을 가장 걱정하는 사람.

보스는 가볍게 한숨을 내쉬었다.

"역시 아버지도 아직 살아 있었던 건가?"

보스는 아주 복잡한 표정으로 중얼거렸다.

"보기에 어떻던가? 혹시 뭐라고 했는지는 기억이 나는가?"

주혁은 잠시 기억을 더듬다가 대답했다.

"건강하게 보이기는 했다. 그리고 손자가 오면 무릎에 앉
히고 얘기하겠다고 한 것 같은데."

"예전부터 늘 그러셨지. 손자가 보고 싶다고."

보스의 입가가 살짝 올라갔다. 예전 기억을 떠올리는 것 같
았다.

주혁은 보스가 생각하는 사이에 뒤로 조금 물러서서 자신
의 상자를 집고는 자세를 잡았다. 그리고 참 웃기다는 생각이
들었다.

상자를 찾기 위해서 세계를 돌아다녔다. 그건 보스 역시 마
찬가지일 것이다. 그런데 이 자그마한 방 안에 상자가 모두
모이고, 여기서 모든 일이 끝난다고 생각하니 헛웃음이 나왔
다.

"이제 끝을 냅시다. 어차피 여기서 결판을 내야 하는데 시간 끌 것 없이."

주혁은 상자를 꽉 쥐고 서서히 앞으로 다가섰다.

보스는 망설이는 눈치였다. 그녀는 지금 맞붙으면 자신에게 승산이 거의 없다는 걸 알고 있었다. 이태영이 있다면 어떻게든 방법이 있겠지만, 그의 모습은 보이지 않고 오로지 비명만 밖에서 들릴 뿐이었다.

'그 괴물 같은 개새끼 때문에.'

그 개만 아니었다면 일이 이렇게 되지는 않았을 것이다. 보스는 뒤로 살짝 물러서면서 수많은 생각을 했다.

'손에 잡히는 상자만 가지고 도망을 가야 하나? 아니면 일단은 싸워?'

이태영이 그 개를 뿌리치고 안으로 들어오는 게 보스로서는 가장 좋은 시나리오였다. 하지만 비명만 계속 들리는 것으로 보아서는 그럴 가능성이 그리 높지는 않을 듯했다. 보스는 주변에 있는 상자의 위치를 확인했다.

'한 개 정도는 더 가지고 움직일 수 있을 것 같기는 한데.'

보스는 맞서기보다는 지금 상황에서 무언가를 이용해서 상자를 하나라도 더 많이 가지고 자리를 빠져나가는 쪽으로 머리를 굴렸다. 그것이 지금으로써는 최선이라고 생각했으니까.

주혁은 보스가 눈동자를 이리저리 굴리는 걸 보고는 다른 꿍꿍이가 있다는 걸 알아채고는 앞으로 움직였다. 보스가 도망치지 못하게 일단 막고 볼 생각이었다.

그때였다. 이태영의 비명이 들리지 않게 된 것이.

주혁과 보스, 둘 다 서로를 견제하고 있으면서도 밖의 상황에 귀를 기울이고 있었다. 밖의 상황이 어떻게 되느냐에 따라서 안의 상황이 변할 것이라는 걸 둘 다 잘 알고 있었으니까.

끼이익~

문이 열리는 소리가 들렸다. 방에서 현관이 보이지는 않았지만, 문이 열려 있어서 소리는 들리는 상황. 소리가 들리자 주혁의 표정이 살짝 일그러졌고, 반대로 보스의 표정에는 살짝 온기가 감돌았다.

따각. 따각.

그리고 구두 소리가 들리자 둘의 표정 변화는 더욱 커졌다. 밖에서 들리던 비명이 멈추고 누군가 문을 열고 들어왔다는 건 이태영이 미래를 어떻게 하고는 안으로 들어왔다는 거였으니까.

주혁의 표정은 무섭게 일그러졌다.

반면에 당장에라도 상자를 가지고 도망칠 준비를 하던 보스는 또다시 머리를 굴리고 있었다. 이태영이 들어오면 상황이 급변하니까.

'들어오더라도 상태가 괜찮아야 할 텐데. 생명력을 너무 많이 소모한 뒤라면 그냥 떨어져 있는 상자들만 챙기고 나중을 보는 편이 좋을 거야.'

보스는 희망적인 생각을 하면서 문 쪽과 주혁을 번갈아 쳐다보았다.

주혁도 잔뜩 긴장한 표정으로 문과 보스를 번갈아 보고 있었다. 그리고 주혁은 이태영이 들어온다면 먼저 공격을 할 작정이었다.

어차피 싸워야 할 거라면 이태영을 먼저 해치우는 편이 좋겠다는 생각이었다. 미래에게 많이 당한 걸 보았으니 지금 상태가 좋지 않으리라는 생각도 있었고. 게다가 이태영을 잡고 있으면 문을 막을 수 있다는 계산도 하고 있었다.

하지만 주혁은 공격하지 못했다.

"콘차!"

"아버지?"

문으로 들어온 건 알란이었다. 주혁이 병원에서 보았던 그 노신사. 그리고 그 뒤로는 미래가 커다란 덩치를 이끌고 당당하게 걸어오고 있었다.

보스의 얼굴에는 가장 먼저 놀라움이, 그다음에는 아련함이 나타났다. 하지만 그런 감정들은 곧 사라지고 분노와 짜증이 뒤섞인 표정이 나타났다.

"콘차, 인제 그만할 때도 되지 않았니?"

콘차는 알란을 노려보기만 했다. 그녀는 원망이 가득한 눈동자로 그를 한참 쳐다보다가 말했다.

"아버지는 지금 제가 어떤 상황인지를 몰라서 그러는 거예요."

콘차는 화를 내며 말했지만, 기괴한 목소리는 그런 감정을 대부분 숨겨주었다. 하지만 알란은 모든 것을 알고 있다는 듯 조용히 웃으면서 고개를 옆으로 저었다.

"아니, 아빠는 다 알고 있단다. 네 목소리가 왜 그런지도, 그리고 손이 그런 것도. 상자의 기운 때문에 문제가 생겼다는 걸. 그리고 지금 그것 때문에 어떤 상태인지도."

알란은 콘차의 생명이 얼마 남지 않았다는 것도 알고 있었다. 그녀는 상자를 세 개 모으고 욕심을 부리다가 육체에 엄청난 타격을 입었다. 상자의 기운이 감당할 수 없을 정도로 많이 들어오자 육체가 그걸 견디지 못한 것이다.

그때 목이 망가져서 지금과 같은 목소리가 되었고, 한쪽 손도 완전히 망가져서 흉측하게 변했다. 그래서 항상 한쪽 손에는 장갑을 끼고 다녔다. 그리고 여성으로의 삶이 산산이 부서져 버렸다.

그때부터 콘차는 더욱더 권력에 집착했다. 그전에도 권력을 차지하려는 욕망이 강하긴 했지만, 여성성이 모두 망가지고 난 이후에는 오로지 권력에만 집착했다. 마치 브레이크 없는 차와 같이 권력을 향해서 달려가기만 했다.

알란은 그런 게 안타까웠다. 도대체 실체도 없는 그 권력이란 게 뭐 그리 중요하다고 아등바등하는가. 그리고 설사 그걸 가진다고 해도 콘차는 절대로 만족하지 않으리라는 것도 알고 있었다.

'상자의 기운 때문에 문제가 생긴 거였구나.'

주혁은 그 이야기를 듣고 콘차를 보니 한쪽 손에만 장갑을 끼고 있다는 사실을 알 수 있었다. 그리고 그 손은 저번에 옆집에 찾아갔을 때, 김장 속이 잔뜩 묻은 고무장갑을 끼고 있던 그 손이었다.

주혁은 상자의 기운이 과하면 어떤 문제가 생기는지 대충은 알고 있다. 저번에 갑자기 기운이 쏟아져 들어올 때는 머리가 쪼개지고 정말 죽을 것 같았다. 그런 경험을 한 적이 있어서 보스의 몸에 생긴 문제도 이해가 되었다.

'모습을 바꾸더라도 상자의 기운 때문에 얻은 상처는 지워지지 않나 보군.'

주혁은 잠시 둘의 대화를 지켜보았다. 둘이 얼마 만에 만난 것인지는 모른다. 하지만 적어도 몇십 년은 되었을 것이다. 그는 알란이 자신에게 해준 걸 생각해서라도 지금은 둘이 대화를 하도록 내버려 두는 게 좋겠다고 생각했다.

둘은 스페인어로 대화를 시작했다. 정확하게 무슨 이야기인지는 알 수 없었지만, 대충 어떤 말인지는 알 수 있었다. 그들의 표정과 몸짓에서 어떤 감정을 쏟아내고 있는지가 보였으니까.

"아버지, 나를 도와줘요. 딸이 죽는 걸 보고만 있지는 않겠죠?"

하지만 알란은 서서히 고개를 저었다.

"콘차, 아직도 모르겠니? 상자를 모두 가진다고 해도 결코 너는 만족하지 않을 거야."

"아니요. 다시 젊은 모습으로 돌아가고 싶어요. 그렇게 되면 아버지가 그렇게 원하는 손자도 볼 수 있을 거예요. 그리고 아무도 우리를 무시하지 못할 거예요. 앞으로 영원히."

콘차는 제발 자신을 도와서 상자를 갖게 해달라고 애원했다.

하지만 알란은 지금 콘차의 행동이 모두 연기라는 걸 너무나도 잘 알고 있었다. 콘차가 어렸을 때부터 이런 행동에 당한 게 어디 한두 번이던가.

"콘차, 이제 그만하자. 가지고 있는 걸 내려놓으면 마음이 좀 편안해질 거란다."

알란은 주혁을 향해서 고개를 돌렸다. 그리고 무언가 이야기를 하려고 했다. 알란이 자신을 쳐다보자 주혁은 저절로 그를 향해서 살짝 몸을 숙였다. 저절로 그에게 경의를 표한 거였다. 그런데 그 모습을 본 콘차의 눈빛이 번득였다.

주혁이 알란을 어떻게 생각하는지 알게 된 것이다. 그녀는 알란을 향해서 갑자기 달려들었다. 알란을 잡고 주혁을 위협할 생각으로. 주혁의 성격상 알란이 위험에 처하면 그냥 두고 보지는 않을 것이다.

그녀의 생각은 그럴듯했지만, 성공하지는 못했다.

"크어어어엉!!"

미래가 이빨을 드러내며 달려들자 콘차는 깜짝 놀라 뒤로 물러섰다.

그런데 주혁은 그다음에 벌어진 광경을 보고는 무척 놀랐다. 알란은 콘차가 자기에게 달려드는 모습을 보고도 미래의 앞을 가로막은 거였다. 콘차를 다치게 하지 말라는 듯이.

'아버지란 저런 존재인가?'

세상의 모든 아버지가 같은 마음은 아닐 것이다. 알란의 부정이 강한 편이라고 하는 게 맞을 것이다.

주혁은 콘차가 부러웠다. 저런 아버지가 있다는 사실 하나만으로도 콘차가 자신보다 행복해 보였으니까.

하지만 그건 그것이고 이제는 더 시간을 끌 이유가 없었다.

주혁은 앞으로 움직였다. 그리고 바닥에 떨어진 상자를 집으려고 했다.

탁!

콘차의 발길질에 상자가 데굴데굴 굴러갔다.

주혁은 고개를 돌렸는데, 날카로운 눈빛으로 자신을 노려보고 있는 콘차와 눈이 마주쳤다.

"끝까지 해볼 생각인가요? 그런 걸 원한다면 그렇게 하죠."

주혁은 몸을 일으켰고 주먹을 말아 쥐었다. 자기를 끔찍하게 아끼는 아버지도 이용하려는 파렴치한 여자였다. 용서할 여지가 없었다.

하지만 이번에도 알란이 나서서 주혁을 말렸다.

"그만. 굳이 험한 꼴까지 볼 필요가 있나? 콘차, 이제는 방법이 없단다. 네가 상자를 차지하도록 도와줄 사람은 아무도 없어. 나도, 이 개도."

콘차는 자신이 가지고 있는 상자를 꼭 쥐고서 주변을 둘러보았다. 주혁과 미래, 그리고 알란. 자신의 편은 아무도 없었다. 그리고 자신은 방의 구석에 완전히 몰려 있었다. 도망갈 구석도, 피할 방법도 없는 상황.

끝까지 고민하던 콘차는 힘없이 상자를 떨어뜨렸다. 그녀가 상자를 손에서 놓자 알란은 그녀에게 다가가서는 말없이 꼭 안아주었다.

주혁은 상자를 모두 모으면서 계속해서 둘을 지켜보았다.

처음에는 나무처럼 뻣뻣하게 있던 콘차도 아버지의 체온이 느껴지자 감정이 복받쳐 오르는 듯했다. 삭막하기만 했던 그녀의 표정이 풀어지면서 눈물이 흐르기 시작했다. 그리고 콘차를 안고 있는 알란의 어깨도 들썩이기 시작했다.

주혁은 상자를 모두 가지고 조용히 거실로 나왔다. 그리고 상자를 하나씩 자신에게 귀속시켰다.

세 개의 상자에 모두 주혁의 핏방울이 맺혔고, 다섯 개의 상자는 모두 주혁의 것이 되었다.

하지만 주혁은 상자를 모두 모은 것보다 안에서 들리는 부녀간의 대화에 더욱 신경이 쓰였다. 둘은 무언가 대화를 나누고 있었는데, 아까와는 분위기가 완전히 달랐다. 부녀 사이에 애틋한 감정이 실린 말들이 오갔다.

무슨 말인지는 알아들을 수 없었지만, 듣고 있으면 울컥해지는 그런 소리가 들렸다.

주혁은 상자를 모두 들고 밖으로 나왔다. 마당에는 이태영이 쓰러져 있었다.

혹시라도 죽은 게 아닌가 싶었는데, 그런 건 아니고 기절을 한 듯했다. 하지만 그의 모습은 70대 노인처럼 보였다. 자글자글한 주름에 머리카락은 온통 백발이었다.

주혁은 모든 상황이 마무리되었지만 어쩐지 울적했다. 밖에 나가서 술이라도 마시고 싶은 심정이었다.

그런 주혁에게 알란이 말을 걸었다. 알란은 콘차의 손을 잡고는 현관문에 있었다.

"이보게. 내 부탁 하나만 들어주게."

주혁은 알란의 이야기를 들었다. 둘의 생명은 그리 많이 남지 않은 상태였다. 지금 상황이라면 둘 모두 일주일이나 버틸 수 있을까 하는 그런 상태였다.

"상자를 합치기 전에 동전을 하나만 사용해 주게. 나랑 콘차랑 같이 과거로 돌아갈 수 있도록. 시간이 얼마가 되었든 간에 같이 지내고 싶어. 내 마지막 소원이네."

주혁은 물끄러미 간절한 눈빛으로 자신을 바라보고 있는 알란을 쳐다보았다. 그리고 지금 남은 동전을 확인했다. 동전은 모두 일곱 개. 주혁은 천천히 고개를 끄덕였다. 그 모습을 본 알란의 눈에서는 물방울이 방울방울 맺히더니 아래로 또르륵 떨어졌다.

CHAPTER **83**
결말

주혁은 콘차가 가지고 있던 상자를 집어 들었다. 범위 안에 있는 사람들 모두에게 효과가 돌아가는 그 상자를. 그리고 동전을 하나 끼우고는 레버를 당겼다. 숫자판이 맹렬하게 돌아갔고,

　400에 가까운 숫자가 나왔다.

　주혁의 곁에 있었던 알란은 무척이나 기뻐했다. 1년이 훌쩍 넘는 시간을 딸과 함께 보낼 수 있게 되었으니까.

　하지만 콘차는 아직도 미련을 버리지 못한 듯 주혁이 가지고 있는 상자를 물끄러미 쳐다보았다.

"콘차."

알란은 부드럽게 딸의 이름을 불렀다. 그리고 콘차의 시선이 자신을 향하자 가볍게 웃으면서 고개를 저었다. 그만 미련을 버리라는 부드러운 권유였다.

그러자 콘차도 상자를 한번 힐끗 보더니 피식 웃고는 고개를 끄덕였다.

말은 오가지 않았지만, 서로의 마음이 오갔다.

콘차는 모든 것을 내려놓았다. 이제는 모두 끝난 일이다. 미련을 가져 봐야 마음만 불편할 뿐. 그러고 보면 너무 오래 살아온 것 같다는 생각이 들었다.

그렇게 부녀가 애틋한 시간을 보내는 사이에 주혁은 상자와 대화를 하고 있었다.

[12월 21일?]

[그래. 12월 21일에 결정을 해야 한다.]

[12월 21일이라면 바로 내일모레잖아?]

[과거로 돌아갔다 올 테니 그것보다는 시간이 더 있겠지.]

상자는 주혁에게 12월 21일이 되면 동전 다섯 개를 사용하고는 어떤 걸 선택할 건지 결정해야 한다고 이야기했다. 내용은 과거로 돌아갔다가 다시 이 시점으로 돌아오면 알려주겠다고 했다.

[대략이라도 알려주면 안 되나?]

[한 가지는 너도 잘 아는 거다. 콘차가 이야기했듯이 불로불사의 힘을 얻게 되는 것이지. 육체도 완벽한 상태로 재구성되고.]

사실 고대로부터 수많은 권력자의 꿈이었다. 불로불사의 힘. 그것을 갖게 되면 어떤 기분일지 상상도 되지 않았다.

[그리고 다른 건?]

[그건 다시 돌아오면 이야기를 해주지.]

[혹시 그전에도 불로불사의 힘을 선택한 사람이 있었나?]

[물론이지. 상자를 모두 모으고 혜택을 받을 수 있는 자격을 얻은 사람이 많지는 않지만, 전혀 없지는 않았으니까.]

주혁은 그 사람들이 누구냐고 물었다. 하지만 상자는 비밀이라면서 대답을 하지 않았다.

주혁은 상자와 그동안 했던 이야기들을 떠올렸다.

'분명히 지금 이 시간대는 처음이라고 했지? 그러면 과거 인물 중에서 있었다는 건데.'

과거에 전설처럼 전해오는 여러 인물 중에서 분명히 상자의 힘을 얻은 자가 있을 것이다.

주혁은 과연 어떤 사람이 그런 힘을 얻었을까 생각해 보았다. 후보가 여러 명 떠올랐지만, 생각을 이어갈 수는 없었다. 알란이 말을 걸어왔기 때문이었다.

"394일이면 작년 10월로 돌아가겠군. 자네는 뭘 할 생각인가?"

알란이 주혁에게 다가오면서 물었다. 옆에는 콘차가 팔짱을 끼고 있었다.

주혁은 그 모습이 너무나도 보기 좋아 보였다.

주혁은 편안한 웃음을 지으면서 대답했다.

"그냥 하루하루 열심히 사는 거죠. 상자에 신경을 쓰지 않아도 되니까 작품에만 집중하려고요. 아, 그리고 가능하면 신작도 빨리 당겨서 촬영할까 해요."

주혁은 자신이 감독한 작품도 작품이었지만, 조커 연기에 더 집중하고 싶었다.

"알란은 어떻게 지낼 건가요?"

"나는 콘차하고 고향에 갈 생각이야. 그래도 고향이 제일 아니겠나."

알란은 그곳에서 계속 지낼 생각이라고 했다. 책도 읽고 산책도 하면서.

"어차피 콘차하고 나는 올해를 넘기지 못한다네. 그러니 그 시간 동안이라도 즐겁게 보내야지. 그렇다고 그렇게 안쓰럽다는 표정으로 볼 거는 없어. 벌써 땅속에 묻혔어야 할 사람들이잖나. 죽는 거에 그다지 미련 같은 건 없다네."

알란은 이렇게 딸과 마지막 시간을 보낼 수 있는 것만으로도 만족한다고 이야기했다.

주혁은 고개를 끄덕였다. 알란의 성품으로 보아 그렇게 생각하는 게 당연해 보였다.

주혁은 알란 부녀와 헤어지고 난 뒤 방으로 돌아와서 상자를 모두 금고에 넣고는 문을 닫았다. 이제는 이 금고를 열어보는 건 한참 뒤가 될 것이다.

*　　　*　　　*

주혁은 알란과 콘차가 스페인으로 향했다는 소식을 들었다. 보스의 조직은 사실상 와해되었다. 조직의 주축이었던 세심복은 각종 범죄와 연관된 죄목으로 모두 붙잡혔고, 다른 조직원도 대부분 검거되었다.

그 조직은 대부분 윌리엄 바사드가 흡수했는데, 그렇지 않아도 거대했던 그의 조직은 이제는 정말 상대할 세력이 없을 정도였다.

"반갑습니다, 크리스토퍼."

주혁은 크리스토퍼와 사람들이 갑자기 찾아왔음에도 전혀 놀라지 않았다. 그리고 조커 역을 맡기로 바로 결정했다. 빠른 결정에 모두가 놀랐는데, 어차피 하게 될 거 시간을 끌 이유가 없다는 게 주혁의 생각이었다.

그리고 주혁과 크리스토퍼는 빠르게 작업을 진행해서 이

전에 진행되었던 것보다 몇 달이나 일정을 앞당겼다. 사람들은 이런 경우는 처음 본다면서 혀를 내둘렀다.

그렇게 주혁이 영화 촬영에 차기작 준비까지 하면서 바쁜 시간을 보내고 있을 때였다.

"어? 이게 뭐지?"

주혁의 시야에 이상한 것이 보였다. 흐릿한 영상 같은 게 보였는데, 거기에 장백과 윤미가 결혼하는 모습이 보였다.

[예지력이다. 미래에 일어날 일을 보고 있는 거야.]

[예지력?]

상자의 말에 주혁은 궁금한 것이 많았다.

[혹시 내가 원하는 시간이나 장소를 지정해서 볼 수도 있는 건가?]

[능력이 강해지면 그럴 수도 있겠지만, 지금은 그 정도는 아니야. 아마도 그 정도 수준까지는 올라가지 못할 것 같군.]

조금은 아쉽다는 생각이 들었다. 그냥 랜덤하게 나오는 영상을 보아야 한다니 조금은 실망이었다. 하지만 미래에 일어날 일을 미리 본다는 건 꽤 흥미로운 일이었다.

하지만 영상은 곧 끊어졌다. 주혁이 조절할 수 있는 게 아니었다. 어떨 때는 며칠을 기다려도 보이지 않는 경우가 있는가 하면 어떨 때는 하루에도 몇 차례나 앞으로 일어날 일이 보이기도 했다.

그나마 다행스러운 점은 대부분 주혁과 연관된 내용이 보인다는 거였다. 개중에는 울화통이 치미는 일도 있었고, 정말로 가슴 아픈 일도 있었다. 물론 축하할 일도 많았다.

[그런데 내 미래는 하나도 보이지 않네? 혹시 왜 그런지 알아?]

[글쎄? 나도 정확한 이유는 알 수 없군.]

아무렴 어떤가. 이제는 아무런 걱정도 없는 것을.

주혁은 때때로 미래를 보면서 즐거운 마음으로 일했다. 촬영도 차기작 준비도 순조로웠다. 더할 수 없이 좋은 날들이 계속되었다.

작품은 전에 찍었던 것과 크게 달라지지는 않았다. 주혁의 연기 디테일이 조금 더 살아나고 다른 배우들의 연기가 조금 더 안정적이게 된 정도가 바뀐 거라고 할 수 있었다.

조커 촬영은 원래보다 3개월 일찍 시작하게 되었다. 전에는 12월에 촬영이 시작되었는데, 지금은 9월에 크랭크 인 했다.

"1월이라……."

주혁은 일정을 보면서 중얼거렸다. 촬영이 끝나는 건 내년 1월로 되어 있었다. 12월 21일에 상자를 합치고 무언가를 결정해야 한다는 사실이 조금 걸리기는 했지만, 특별한 일이 있겠냐고 생각했다.

알란과 콘차는 고향에서 아주 평범한 일상을 즐기고 있었다. 누구나 경험하는 흔한 생활이었지만, 둘에게는 특별했다. 그동안 그런 소소한 일상을 바랐지만, 가질 수 없었기에. 그리고 둘은 점점 몸이 쇠약해져 가는 기색이 역력했다.

"아, 정말로 알란과 콘차는 올해를 넘기지 못하는구나."

주혁의 시야에 또다시 흐릿한 영상이 보였다. 알란과 콘차가 집 앞에 있는 흔들의자에 앉아서 지는 해를 보고 있었다. 둘은 주름진 손을 서로 잡고 있었는데 붉은 태양이 비춘 둘의 얼굴에는 평온함이 고여 있었다. 그들의 뒤쪽 창문으로 달력이 보였는데, 날짜가 12월 29일이라고 되어 있었다.

그리고 하늘에 있는 붉은 구름을 쳐다보다가 알란의 눈이 감겼다.

아버지를 불러도 대답이 없자 콘차는 옆을 보았고, 알란은 힘없이 고개를 떨구고 있었다.

콘차는 알란을 껴안고는 하염없이 눈물을 흘렸다. 그리고 잠시 후 콘차도 알란을 껴안은 채로 눈을 감았다.

알란의 얼굴에는 행복감이 어려 있었고, 콘차의 얼굴에는 회한과 아쉬움이 뒤덮여 있었다. 콘차의 눈에서는 계속해서 눈물이 조금씩 흘러나왔다. 그리고 그 영상을 보는 주혁의 눈에서도 눈물이 흘렀다.

주혁이 감독한 영화는 이전처럼 세계적인 흥행을 이어나
갔다.

주혁은 자기 영화의 홍보 활동도 해야 했고, 촬영장에서는
조커 역할을 하느라고 바쁜 일상을 보냈다.

그리고 12월이 되었다. 이제는 정말로 시간이 얼마 남지
않은 상황.

"아무래도 21일 전까지는 힘들겠는데?"

무슨 일이 있을지 몰라서 가능하면 12월 21일 전에 촬영을
마치고 싶었지만, 그건 불가능하게 되었다. 일정을 약간 단축
하긴 했지만, 여전히 1월이나 되어야 촬영을 마칠 수 있었다.

그렇게 주혁이 바쁘게 움직이고 있는 사이, 상자는 자신을
만든 주인과 대화를 나누고 있었다. 상자의 주인은 커다란 방
에 의자만 하나 달랑 있는 곳에 있었는데, 벽 전체가 모니터
역할을 했다.

[이제는 특별한 변수가 없을 것 같군. 그러면 지금까지 모
은 데이터를 모두 전송하는 걸로 하지.]

[알겠습니다. 전부 전송하겠습니다, 주인님.]

상자는 그동안 모은 데이터를 전송하기 시작했다.

상자의 주인은 커다란 화면으로 상자가 보내오는 데이터를 빠르게 보았다. 화면에는 어떤 게 보이는지 알 수 없을 정도로 빠르게 영상이 지나가고 있었다.

몇 배속 정도가 아니라 몇만 배속은 되는 듯이 영상은 빠르게 지나갔다. 사람의 눈으로는 도저히 볼 수 없는 그런 거였다. 하지만 상자의 주인은 그 영상을 아주 흥미롭게 보고 있었다.

[이번에는 무척이나 긍정적인 데이터가 모였군.]

[그렇습니다. 그동안 모든 데이터 중에서도 가장 의미 있는 데이터가 아닐까 합니다.]

[그래. 어리석은 인류도 분명 있지만, 충분히 가치 있는 그런 자들도 꽤 보이는군.]

상자의 주인은 영상을 계속해서 지켜보았다. 그리고 이내 영상은 끝났다. 굉장히 긴 시간이었지만, 그는 순식간에 그걸 모두 보았다.

[이대로만 간다면 인류는 가능성이 있을 것 같군.]

[물론입니다. 충분히 가능성이 있는 존재들입니다.]

[이번 주인은 무척 마음에 들었던 모양이군.]

[그만큼 매력적이었으니까요.]

상자는 인류가 만든 영화나 드라마도 무척 흥미로웠지만, 사실 그들의 삶 자체가 더욱 흥미진진했다고 이야기했다.

[이전에 경험했던 시대보다 확실히 흥미롭더군요. 특히 상자를 모두 모은 주혁은 무척 매력적인 사람이었습니다.]

[그건 나도 그렇게 생각해. 흥미로운 사람이더군.]

상자의 주인이 주혁 이야기를 하자 벽에는 주혁의 얼굴과 모습이 생겨나기 시작했고, 이내 온통 그의 모습으로 방 전체가 뒤덮였다.

[그가 어떤 선택을 할지도 궁금하군.]

[저는 어떤 선택을 할지 알 것 같습니다. 아마도 제 생각이 맞을 겁니다.]

상자는 주혁이 어떤 선택을 할지 안다고 이야기했다.

그리고 상자가 주인과 대화를 하는 그 시각, 주혁은 아토 엔터테인먼트에서 회사 식구들과 이야기를 나누고 있었다.

분위기는 더할 수 없이 좋았다. 주혁을 필두로 소속된 가수나 배우들이 자신의 분야에서 두각을 나타내고 있었으니까. 기재원 대표는 정말 요즘만 같으면 아무런 걱정도 없겠다고 생각했다.

"정말 요즘은 내가 꿈을 꾸고 있는 게 아닌가 싶을 때가 있다니까?"

"앞으로는 더 잘될 건데요. 이제부터가 시작이죠."

아이돌 그룹들도 승승장구하고 있었고, 아역부터 차근차

근 성장한 배우들도 빛을 발하고 있었다. 지금도 대단한 성과를 내고 있지만, 그들의 나이가 10대 후반이나 20대 초반이다. 이제부터가 시작 아니겠는가.

주혁은 사람들과 이야기를 하다가 중간에 적절한 조언도 해주었다. 자신이 본 미래를 바탕으로 약간 돌려서 말을 해주었다. 개중에는 잘 알아듣는 사람도 있었고, 전혀 감을 잡지 못하는 사람도 있었다.

하지만 그것도 다 자신의 운명일 터. 주혁은 자신이 할 수 있는 만큼은 했다고 생각했다.

주혁이 자리를 파하고 집으로 돌아가려는데 마침 촬영이나 행사가 있어서 참석하지 못했던 아이들이 몇 명 들어왔다.

주혁은 일어나려다가 다시 앉아서 이런저런 이야기를 해주었고, 마지막으로 일어나기 전에 안수현에게 슬쩍 말을 걸었다.

"수현아."

"예?"

"앞으로는 판타지 소재가 점점 주목을 받을 것 같지 않니?"

"예, 뭐, 그렇긴 하죠. 사람들은 항상 신선한 무언가를 원하니까요."

주혁은 싱긋 웃으면서 말을 이었다.

"그러니까 아주 이상한 설정이라고 하더라도 작품이 괜찮겠다 싶으면 적극적으로 해. 가령, 주인공이 외계인이거나 그래도 말이야."

주혁의 말에 사람들 모두가 설마 그런 작품이 나오겠느냐며 웃었다.

*　　　*　　　*

상자의 숫자가 0이 되었다. 내일은 2012년 12월 20일이고 새로운 시간이 흐르게 된다.

주혁은 자신의 방에서 상자를 바라보면서 중얼거렸다.

"촬영을 그냥 계속할 걸 그랬나?"

주혁은 조커 역할에 푹 빠져 있었다. 지금까지 최선을 다하지 않은 적은 없었지만, 지금처럼 역할에 푹 빠져 있었던 적은 장담컨대 없었다. 그리고 단언할 수 있었다. 지금 연기가 인생에 있어서 최고의 연기라고.

광기와 처절함으로 물든 조커 캐릭터는 사람들에게 섬뜩하다는 느낌 이상을 던져 주었다. 주혁은 완벽하게 캐릭터에 몰입했는데, 연기의 강도가 워낙 강해서 같이 연기하던 배우나 스태프가 놀라서 실수하는 경우도 여러 차례 있었다.

개중에 압권은 촬영 도중에 여배우가 기절한 사건이었다.

그날 그 여배우의 건강이 좋지 않았다는 점도 있기는 했지만, 이 사실은 세간에 엄청난 화제가 되었다. 그래서 촬영이 끝나지도 않았는데, 영화에 대한 사람들의 관심이 폭발적이었다.

"결정적인 부분은 거의 촬영하긴 했지만, 그래도 조금 더 당겼으면 했는데."

마무리하려면 자잘하게 촬영할 분량이 제법 있었다. 주혁은 그냥 계속해서 촬영할까 하다가 상자가 예고한 시간이 가까워지자 5일간의 휴식 기간을 갖기로 하고는 다시 한국으로 들어왔다. 확실하게 마무리를 하고 다시 촬영에 들어가는 편이 좋겠다고 생각해서였다.

그런데 계속해서 무언가 아쉽다는 느낌이 들었다. 그게 어떤 이유에서인지는 모르겠지만, 굉장히 안타깝다는 생각이 자꾸만 떠올랐다.

이제 내일이면 무언가 이야기가 있을 것이다. 어떤 선택을 해야 하는지에 대해서.

주혁은 과연 상자가 어떤 이야기를 할지가 궁금했다. 온갖 상상이 머릿속을 어지럽혔다. 왜 그렇지 않겠는가.

"선택이라고 했으니 여기서 갖게 되는 것과 비슷한 무게를 갖는 무언가가 있을 거야."

그게 무엇인지 쉽게 떠오르지는 않았다. 불로불사의 능력에 완벽한 육체를 갖는 것보다 더 좋은 게 있을지도 의문이었다.

주혁은 여러 가지 상상을 하면서 밤을 지새웠다.

[이제 시간이 되었군.]

주혁은 새벽에 상자의 소리가 들리자 정신이 퍼뜩 들었다. 몽롱한 상태에서 상상 속에서 헤매고 있었는데, 순간적으로 찬물을 뒤집어쓴 것 같은 느낌이 들었다.

주혁은 상자가 무슨 이야기를 할지 긴장한 채 기다렸다.

[선택지가 무엇인지가 무척이나 궁금한 것 같군.]

[당연하지. 그것 때문에 신경이 쓰여서 일부러 한국에 돌아온 거라고.]

주혁은 얼마나 대단한 이야기를 하는지 기대가 되었다. 그리고 그런 기대감은 충분히 충족되었다. 상자가 한 이야기는 예상한 것 중 하나였지만, 그만큼 매력적인 내용이었다.

[시간 여행이라.]

사실 어느 정도는 생각했었다. 불로불사와 비견될 만한 게 어디 흔하던가. 꼽을 만한 게 거의 없었다. 그러나 직접 들었지만, 실감이 나지 않았다.

[내가 원하는 시기는 어느 시대인지를 가리지 않고 돌아갈 수 있다 이거지?]

[그렇다. 지구 시간으로 정확하게 언제인지만 이야기하면 원하는 시간으로 갈 수 있다.]

[그리고 내가 원하는 능력 한 가지를 가지고 갈 수 있단 말

이지?]

[그렇다. 동전 하나당 능력 한 가지인데, 동전이 하나밖에 없으니 그럴 수밖에.]

상자는 원하는 시간과 장소에 갈 수 있다고 말했다. 주혁은 몇 가지 생각이 떠올랐다. 자신이 역사를 바꿀 수 있다면 하는 생각이었다. 누구나 그런 생각을 한 번쯤은 해보지 않겠는가.

"고구려로 가는 것도 좋을 것 같은데."

삼국 통일을 고구려가 했다면 어떻게 되었을까 하는 생각을 예전부터 했었다. 그리고 다른 것도 몇 가지가 생각났다. 역사를 보면 아쉽고 안타까운 순간이 여러 차례 있었으니까.

"어떤 능력을 선택해서 가야 하는지는 그래도 좀 쉽네."

가장 확실한 건 정신을 조작할 수 있는 능력일 것이다. 그것만 있다면 어떤 시대에 떨어지더라도 내 뜻대로 모든 걸 만들어갈 수 있지 않겠는가. 그러니 한 가지만 선택해야 한다면 무조건 그 능력을 택할 것이다.

주혁은 이곳에 있는 것보다는 과거로 시간 여행을 하는 쪽이 더욱 매력적으로 생각되었다. 그런데 상자는 굳이 자신의 존재가 없는 시간대라는 점을 강조했다.

[만약에 말이야. 내가 있는 시간대로 돌아간다면 어떻게 되는 거지?]

[흠, 그건 좀 복잡한데…….]

상자는 같은 사람이 같은 시간대에 존재할 수는 없다고 했다.

[그래? 엄격하게 말하면 다른 사람이라고 봐야 하지 않나?]

[같은 영혼을 지니고 있으니 같은 존재라고 인식해야 한다.]

상자는 무언가 복잡하고 어려운 이야기를 했는데, 간단하게 정리하면 자신이 존재하는 시간대로 가려면 두 존재가 합쳐지는 방법밖에는 없다고 했다.

[그래서 능력은 가져가 봐야 소용없지. 원래 있던 존재에 영혼만 합쳐지는 방식으로 합쳐지게 되니까.]

[정신적인 능력은 문제가 없는 거 아닌가?]

[정신적인 능력도 마찬가지지. 육체가 다르면 능력을 사용할 수 없다. 그리고 기억도 모두 없어지게 되지.]

그런 조건이라면 아무도 자신이 있는 시간대로는 돌아가지 않을 것 같았다. 적어도 기억이라도 남아 있어야 할 텐데 기억조차 없어진다니. 그러면 과거로 돌아가는 의미가 전혀 없지 않은가.

[그래서 자신이 있는 시간대로 돌아간 사람은 아직 보지 못했다.]

대부분 더 과거로 돌아갔는데, 개중에는 어처구니없이 아무엇도 하지 못한 채 죽는 경우도 있었다고 했다. 하기야 완전히 다른 세상일 테니 알맞은 능력을 지니고 있지 않으면 위험할 수도 있었다.

하지만 주혁은 그 점에 관해서는 걱정하지 않았다. 가지고 갈 능력은 시대와는 상관없이 잘 먹힐 능력이었으니까.

[언제까지 정해야 하는 거지?]

[21일이 지나기 전까지다. 명심해야 한다. 만약 21일이 지나면 결정을 하지 않았더라도 자동으로 진행되니까.]

상자는 그렇게 되면 아무것도 얻지 못하고 그냥 헤어지게 된다고 말했다.

[절대로 그런 일은 없을 테니까 걱정하지 말라고.]

누가 이런 기회를 그냥 날려 버리겠는가. 주혁은 어떤 선택을 할지 고민해 보아야겠다고 생각했다. 시간이 더 많았으면 좋았겠지만, 그래도 하루 반나절이 조금 넘는 시간이 남아 있었다. 그 시간만이라도 충분히 생각해서 결론을 내려야겠다고 마음먹었다.

[그래. 어떤 걸 결정할지는 21일이 가기 전에 이야기하지.]

주혁은 그렇게 이야기하고는 과연 어떤 것이 좋을지 고민에 빠졌다.

*   *   *

"여기에 있느냐, 과거로 돌아가느냐."

둘 다 매력이 있었다. 이곳에서는 무엇보다도 조커 연기를 마무리하지 못했다는 아쉬움이 있었다. 그리고 아카데미상이나 국제영화제에서 상을 받고 싶다는 생각도 있었고.

"지금까지 이루어놓은 것도 있고, 거기다가 앞으로 이룰 것도 남아 있고……."

이제는 자신을 위협할 존재도 없다. 하나씩 차근차근 이루어 나가는 재미도 쏠쏠할 것이다. 하지만 과거로 돌아가서 자신이 원하는 대로 세상을 바꾼다는 것도 무척 매력적인 선택이었다.

"단군 시대가 어땠는지도 가보고 싶고, 고구려 말기에 연개소문이 있었던 시대도 좋을 듯하고……."

가고 싶은 시기가 무척 많았다. 그리고 다른 사람의 정신을 제압하는 능력이면 엄청난 일을 할 수 있을 것 같았다.

"하지만 얼마나 살 수 있을까? 그리고 만약에 뜻밖의 사고를 당한다면 생각지도 못하게 죽을 수도 있어."

자기 생각대로만 세상이 돌아가리라 생각하면 오산이다. 자신을 적대시하는 자들도 분명히 생길 것이고, 독이나 자객을 이용한 암살이 너무나도 당연한 시대. 게다가 전쟁에 휘말리면 손도 쓰지 못하고 죽을 수도 있다.

사람의 정신을 제압할 수 있다고 해서 물밀듯이 밀려들어오는 적군을 모두 막을 수는 없는 일이고, 하늘에서 비처럼 쏟아지는 화살을 막을 수도 없는 일이니까. 하지만 그런 걸 고려한다고 하더라도 분명히 매력은 있었다.

주혁은 20일 온종일 생각을 해보았지만, 쉽사리 결론을 내지 못했다. 마음 같아서는 이곳에서 한 10년 정도만 더 살다가 불로불사의 능력에 젊어진 육체를 가지고 과거로 돌아가고 싶었다. 그렇게만 된다면야 정말 좋지 않겠는가.

하지만 그건 그저 개인적인 바람에 불과했다. 이루어질 수 없는 상상.

주혁은 그렇게 방 안에서 하루를 허비하고는 21일을 맞이했다.

느낌이 완전히 달랐다. 어제만 해도 시간이 그래도 제법 남았다는 생각이 들어서 조급하거나 다급하다는 생각이 들지 않았는데, 21일이 되니 긴장감마저 느껴졌다.

그리고 날을 꼬박 지새웠다. 이렇게 중요한 일을 앞두고 어떻게 편안하게 잠을 잘 수 있겠는가.

"방 안에만 있는다고 해결할 수 있는 문제가 아니야."

주혁은 자리를 박차고 밖으로 나왔다. 혼자서 골머리를 싸매고 아무리 생각해도 결론을 내지 못할 것 같아서였다.

그래서 정처 없이 집 부근을 걸었다. 물론 다른 사람들이 자신을 알아보지 못할 정도로 몇 가지 소품을 사용한 채로.

가뜩이나 시간이 없는데, 사람들에게 붙잡혀서 시간을 허비할 생각은 없었다. 아직 해가 뜨기 전이었지만, 홍대 부근은 사람들로 바글바글했다. 연말이라 모임이 많아서 더 그런 듯했다.

웃음과 소란스러움. 그리고 술과 번쩍이는 빛이 거리를 가득 채우고 있었다. 낯선 모습은 아니었다. 주혁도 자주 경험했던 일이었으니까. 하지만 지금 주혁에게는 그다지 인상적으로 다가오지 않았다.

주혁은 계속 한자리에 앉아서 주변을 지켜보았다. 시간이 지나자 사람들이 조금씩 줄어들다가 해가 어렴풋이 떠오르기 시작하자 거리가 한산해졌다. 그래도 아직도 술집에는 사람들이 있었고, 식사하는 사람도 제법 보였다.

그리고 청소부들이 부지런히 사람들이 남긴 흔적을 지우기 시작했고, 일하기 위해서 아침 일찍 나온 사람들이 술에 취한 사람들과 함께 지하철을 타기 위해서 역 안으로 사라졌다.

"세상에는 정말 갖가지 사람들이 살아가고 있구나."

다 알고 있는 사실이었다. 하지만 이렇게 관조를 하고 있으니 조금 색다르게 보였다.

주혁은 배가 고프다는 사실도 잊고 계속해서 세상을 바라보았다.

양복을 입은 사람들이 점점 많아졌고, 사람들이 가게 문을 열기 시작했다. 편의점에 일하는 사람도 바뀌었고, 24시간 일하는 가게도 일하는 사람이 바뀌었다. 피곤한 표정으로 떠나는 사람, 그를 보내고는 기운찬 모습으로 청소하는 사람.

그리고 시간이 더 지나자 아이와 여자들이 조금씩 보이기 시작했다.

주혁은 자리에서 일어났다. 그리고 발이 움직이는 대로 걸음을 옮겼다.

주혁의 눈에는 평범한 일상들이 보였다. 지금까지 살면서 수도 없이 보아왔을 그런 모습이었다. 하지만 평소와는 다른 상황이라서 그런지 어쩐지 눈에 보이는 모든 것이 달라 보였다. 그는 여러 곳을 돌아다녔다. 그러면서 든 생각은 한 가지였다.

'내가 가장 원하는 것은 뭐지?'

사실 이 질문도 어떤 시기, 어떤 상황인가에 따라서 대답이 달라질 수 있는 그런 질문이었다. 보통 때는 잘 생각하지 않는 그런 질문.

하지만 주혁은 지금은 이것이 가장 중요한 질문이라고 생각했다. 자신이 정말 원하는 게 무언지에 따라서 선택 또한 달라질 테니까.

그래서 돌아다니면서 계속해서 자신이 지금 상황에서 가장 원하는 것은 무엇인지 생각했다.

그런데 그렇게 생각하니 답을 내는 건 어렵지 않았다.

주혁은 오후의 햇살을 받으면서 눈에 보이는 그저 그런 밥집에 들어가서 식사를 했다. 할머니가 내온 음식은 특별한 건 없었지만, 집에서 먹는 밥과 반찬 같았다.

주혁은 아직 해가 떨어지기 전이지만 집으로 돌아왔다. 결론을 내렸으니 시간을 허비할 이유가 없다고 생각해서였다. 지금 내린 결론은 아무리 시간이 지난다 하더라도 절대로 바뀌지 않을 테니까.

주혁은 금고를 열고는 상자를 모두 꺼냈다.

[결정했다.]

[그래? 그러면 잠시 기다려. 먼저 하나로 모여야 하니까.]

주혁은 대답하지도 않았는데, 상자는 하나로 합쳐지기 시작했다. 다섯 개가 합쳐지는 건 순식간이었다. 무언가 꾸물거리는 것 같더니 커다란 오각형의 상자가 되었다. 상자에는 별모양의 문양이 그려져 있었다.

[아직 시간은 제법 남았는데, 더 고민하지 않아도 괜찮겠어?]

[물론. 절대로 결정이 변하지 않을 테니까 상관없다.]

주혁은 잔잔한 미소를 그리면서 대답했다.

[그래, 어떤 결정이지?]

[과거로 돌아가겠다.]

주혁은 조금 피곤한 듯한 얼굴을 하고 있었는데, 눈빛만은 반짝이고 있었다.

그의 눈빛에는 강한 열망과 기대감이 아름답게 빛나고 있었다.

[시대는 정했나?]

[그전에 몇 가지 물어볼 게 있다.]

주혁은 곧바로 대답하지 않고 상자와 대화를 나누었다. 몇 가지 중요한 질문이 있어서였다. 물론 결정이 바뀌지는 않을 것이다. 하지만 자신이 생각한 것이 확실하다면 준비를 할 게 좀 있어서였다.

주혁은 제법 오랜 시간 신중한 표정으로 상자와 대화를 나누었다. 그의 표정은 시시각각 변했는데, 밝아지는 경우가 대부분이었다.

그리고 대화를 마친 주혁은 컴퓨터 앞에 앉아서 한동안 계속해서 무언가를 적었다.

주혁이 준비하는 사이에 시간은 어느새 시간은 저녁이 되었다.

주혁의 방 창문으로 붉은 기운이 비추었다가 점점 어두워졌고, 주혁은 중간에 일어나서 스위치를 올렸다. 방이 어두웠기 때문이었다.

불을 켠 후에도 한동안 부산하게 움직이던 주혁은 모든 준비를 마치고 다시 상자가 있는 곳으로 왔다.

[이제 모든 준비가 끝났나 보군.]

[그래. 그런데 확실한 거지? 시간 여행은 상자의 기운으로 보호되는 것만이 할 수 있다는 거.]

[물론이다. 그렇지 않고서야 어떻게 시간 여행이 가능하겠나.]

하기야 시간 여행이라는 것 자체가 상식적으로 있을 수 없는 일이었다. 당연히 상자의 기운과 같은 특별한 힘으로 보호되어야 가능할 것이다. 그렇지 않으면 시간 이동을 하는 과정에서 소멸된다고 했다.

[그리고 그렇게 이동을 하고 나면 가지고 있던 상자의 기운은 모두 없어진단 말이지?]

[물론. 이 특별한 기운은 상자와 연결되어 있기 때문에 유지가 가능한 거야. 그러니 상자가 없는 세상에 떨어지면 자연스럽게 그 기운은 모두 사라지지.]

그래서 능력을 유지한 채 이동하려면 동전이 더 필요한 거였다. 동전은 일종의 에너지원이었는데, 그걸 사용해서 몸속에 그 능력을 묶어두는 거였다. 상자는 다른 표현을 했지만, 주혁은 그렇게 알아들었다.

[그나저나 이게 모두 인류를 테스트하는 거라니 참 기분이 묘하군.]

상자는 인류가 어떤 존재인지를 확인하기 위해서 계속해서 데이터를 모으는 거라고 했다. 인간들은 상상도 하지 못할 그런 존재가.

상자가 시간과 관련된 능력을 지니고 있는 것도 그런 점과 연관이 있었다. 같은 상황에서 사람에 따라서 어떻게 반응이 다른지, 혹은 같은 사람이 각기 다른 조건에서 어떻게 반응하는지를 보기 위해서 시간과 관련된 능력이 있는 거였다.

그리고 그 테스트의 마지막이 2012년 12월 21일. 물론 그 이후로도 시간은 계속 흐를 거였다. 하지만 테스트는 거기까지만 계획되어 있었다.

[그래서 달력이 거기까지만 있는 거였고.]

최초로 테스트가 진행되었던 지역이 중남미 지역이었다. 상자의 주인은 편의를 위해서 그 지역에 몇 가지 필요한 걸 알려주었다. 그래서 마야에는 정교한 역법과 건축술이 있는 거였다.

[이제 준비가 끝난 건가?]

[거의. 지금 바로 시작이 되는 건가?]

[곧. 혹시라도 더 준비할 게 있으면 빨리 해야 할 거야.]

상자의 말을 들은 주혁은 재빨리 움직이기 시작했다.

상자는 주혁의 시선을 통해서 그가 무엇을 하는지를 전부 보고 있었다. 컴퓨터에 가서는 손을 바쁘게 움직였고, 거실로 나갔다가 들어오기도 했다.

[시작해도 될까?]

[잠깐만. 아, 그리고 이야기할 게 하나 더 있는데.]

주혁은 남은 동전 한 개의 용도를 이야기했다.

[분명히 가능하다고 했지?]

[물론이다. 능력을 지니고 가는 것도 가능한데 그 정도 기억을 보호하는 정도는 아무것도 아니지.]

주혁은 돌아다니면서 무척 고민을 많이 했다. 처음에는 과거로 돌아가서 영웅이 되고자 하는 마음이 있었다. 사람의 마음을 컨트롤할 수 있으니 희대의 정복자가 될 수도 있었고, 천하를 호령하는 군주가 될 수도 있을 것이다.

하지만 아무리 그런 생각을 해도 즐겁지가 않았다. 그리고 자꾸만 가족의 얼굴이 떠올랐다.

그리고 알 수 있었다. 자신이 가장 원하는 건 바로 가족이라고. 가족이 아직 살아 있는 시기로 돌아가서 가족들을 살렸으면 하는 마음이 크다고.

하지만 문제가 있었다. 돌아간다고 하더라도 아무것도 기억하지 못한다면 아무런 소용이 없는 일 아닌가.

그런데 상자가 힌트를 주었다. 주혁의 고민이 무엇인지를 보고 있었는지 먼저 말을 걸어왔다. 동전을 사용하면 일부 기억을 가지고 돌아갈 수 있다면서.

주혁은 반색했다. 사고가 언제 일어나는지만 기억할 수 있으면 그걸 막을 수 있을 테니까.

[그래도 아쉬워. 기억을 모두 가지고 갔으면 좋겠는데 말이지.]

[어쩔 수가 없다. 영혼이 합쳐지는 건 간단한 게 아니야. 가능하면 권하지 않는 사항이지. 또 모르지. 동전이 수십 개 있다면야 상당한 양의 기억을 가지고 갈 수도 있겠지.]

하지만 주혁이 가지고 있는 동전은 단 한 개. 상자는 친절하게도 동전 한 개가 보호할 수 있는 기억의 분량을 보여주었다.

[기억을 직접 보고 컨트롤해 봤으니까 감이 올 거다. 원하는 부분을 내가 작업해 줄 수도 있는데 그렇게 할까?]

[아니, 내가 직접 하지. 내가 그 정도 양의 기억을 기운으로 묶어놓을 테니 맞는지 한번 봐달라고.]

[그러지. 작업이 끝나면 얘기해라.]

주혁은 이미 어떤 기억을 가지고 돌아갈지 결정한 후였다. 그는 가상의 공간을 만들고 가장 먼저 가족들이 언제 어떤 사고를 당하는지를 넣었다. 그리고 몇 가지 기억을 더 넣었다. 워낙 가지고 갈 수 있는 양이 얼마 되지 않아서 자리가 금방

꽉 찼다.

주혁은 다시 한 번 자신이 넣은 기억을 확인하고는 숨을 크게 내쉬었다. 그리고 이것이면 충분하다고 생각했다. 다른 것보다 가족들을 살리고 함께 살 수 있다는 것만으로도 다른 어떤 것보다 가치가 있다고 생각했다.

[확인해 줘. 지금 이 정도면 확실하게 가지고 갈 수 있는지.]

[흠, 확실하다. 보호 범위 안에 있는 양이야. 그러면 동전을 내 중앙에 놓아라. 별 모양의 중앙 부위에.]

주혁은 상자의 말대로 상자의 가운데 있는 별 모양의 문양 가운데에 동전을 놓았다. 그러자 동전이 밝은 빛을 내더니 삽시간에 사라져 버렸다. 그리고 주혁의 머리가 약간 묵직해지는 느낌을 받았다.

주혁은 곧바로 자신의 기억을 살폈는데, 자신이 지정한 기억들이 밝은 빛이 나는 작은 주머니 같은 것 안에 들어가 있었다.

[이제 정말로 준비가 다 된 것 같군. 원래는 과거로 돌아가면 나체가 되지만 자네는 영혼만 합쳐지는 것이니 그런 걱정을 할 필요는 없군그래.]

[그건 다행이로군. 그럼 우리는 앞으로 영원히 만날 수 없는 건가?]

[아마도. 자넬 만나서 즐거웠네. 아마도 내가 존재하는 한 자네를 잊지는 않을 거야.]

[나 역시. 자네와의 기억이 사라진다는 게 조금은 아쉽고 슬프군.]

주혁은 상자의 목소리에서 왠지 아쉬움이 느껴지는 듯했다. 아쉽기는 주혁도 마찬가지였다. 그동안 이러니저러니 해도 같이 모험을 한 사이다. 정도 들고 서로에 대한 애정과 믿음도 있었다.

[그래. 장소와 시간은 내가 미리 이야기한 그곳으로 해줘.]

[물론. 이미 확인했다. 그럼 시작한다.]

상자가 이야기하자 동전 다섯 개가 갑자기 사라졌다. 그리고 사라진 동전은 상자의 다섯 귀퉁이에 있는 홈에 끼워졌다.

동전은 천천히 상자 안으로 들어갔고, 상자의 표면에 있는 별 모양의 문양이 빛나기 시작했다.

주혁은 눈이 부셔서 눈을 가렸다. 그리고 점점 정신이 흐려져 갔다.

상자는 서서히 사라지는 주혁을 바라보면서 중얼거렸다.

[내가 예상한 선택을 했군. 그리고 내가 생각했던 것보다 훨씬 좋은 방법을 생각해 냈어. 사실은 문제가 있다고 하면 문제가 있는 것이지만, 그냥 넘어가지. 내가 친구에게 주는 마지막 선물이라고 생각하라고.]

[어지간히 마음에 들었나 보군그래.]

갑자기 상자 주인의 목소리가 들렸다. 상자는 아무런 대답
도 하지 못했다. 설마하니 주인이 지금 상황을 보고 있으리라
고는 생각지도 못했기에.

[그렇게 긴장하지 않아도 된다. 문제가 없는 건 아니지만,
아슬아슬하게 허용할 수 있는 범위 안이니까. 무엇보다도 그
는 그 정도 혜택을 받을 만한 자격이 있는 자가 아닌가.]

[그렇습니다. 만약 문제를 일으킬 수 있는 그런 자였으면
저도 지금 상황을 허용하지는 않았을 겁니다.]

[나는 오히려 네가 한 결정이 바람직했다고 판단했다. 물론
약간의 관찰은 하겠지만, 크게 염려할 필요는 없을 것 같군.]

[저도 그렇게 생각합니다.]

주혁은 가물가물해지는 기억 속에서 둘의 대화를 들었다.
하지만 그 이야기를 들은 기억은 주혁의 몸이 엄청나게 밝은
섬광과 함께 사라진 것과 동시에 주혁의 기억에서 증발해 버
렸다.

*   *   *

"헉!"

주혁은 깜짝 놀라면서 자리에서 일어났다. 아주 오래전 자

신이 살았던 지하 셋방이었다. 습하고 낡은 방.

그는 곧바로 핸드폰을 확인했다. 아주 투박한 폴더 폰이었다.

"2001년이야."

주혁은 머리에 약한 통증이 이는 것을 느꼈다. 하지만 그 통증은 언제 그랬냐는 듯 사라졌다. 그는 자리에서 벌떡 일어나서는 주변을 확인했다. 그리고 가슴을 쓸어내렸다. 혹시나 잘못되면 어쩌나 싶었는데, 물건이 바로 옆에 있었다.

주혁은 그 물건을 손으로 집었다.

그리고 바로 그 옆에는 커다란 흰 털 뭉치 같은 게 있었다. 처음에는 죽은 게 아닌가 싶었는데, 다행스럽게도 배가 움직이고 있었다.

"미래야."

주혁이 부르자 미래의 고개가 조금 돌아갔다. 그러고는 주혁을 쳐다보았다.

"끄응~ 끄응~"

미래는 무언가 이상하다는 듯 주혁을 계속해서 쳐다보았다. 아무래도 몸이 바뀌어서 그런 모양이었다. 하기야 미래가 보고 있는 주혁은 미래가 알고 있는 것보다 10년은 젊은 사람이니 저런 반응을 보이는 것도 무리는 아닐 것이다.

"나야, 이 녀석아. 나라고."

주혁이 팔을 벌리고 부르자 미래는 귀를 쫑긋 세우더니 컹하고 짖었다. 자기 주인의 목소리가 맞는다고 말하는 듯했다. 그러고는 제자리에서 펄쩍펄쩍 뛰더니 주혁에게 달려왔다.

"야, 야. 간지러워."

미래는 주혁을 덮치더니 얼굴을 마구 핥았다. 그래도 주혁은 즐겁기만 했다. 잠시 같이 과거로 돌아온 미래와 기쁨을 만끽하던 주혁은 집에 전화를 걸었다. 미래와 가족에 대한 기억은 확실하게 챙겼다.

이전 기억은 문제가 될 것이 없었다. 원래 육체가 모두 기억하고 있었으니까.

주혁은 가족이 사고가 난다는 기억만 확실하게 챙기면 되는 거였다.

주혁은 가슴을 졸이면서 전화를 받기를 기다렸다. 전화벨 소리가 여러 차례 들리다가 달깍 하는 소리와 함께 목소리가 들렸다.

ㅡ여보세요오?

전화를 받을 때마다 목소리가 조금 바뀌는 어머니의 목소리였다.

어머니의 목소리를 듣자마자 주혁은 울컥하는 마음에 말이 입 밖으로 나오지 않았다.

─여보세요오? 누가 잘못 걸었나?

"엄마. 저예요."

─어머, 아들. 난 말을 안 하기에 장난 전화 줄 알았지. 무슨 일이니?

"무슨 일은요. 그냥 가족들 다 잘 있나 궁금해서 전화한 거죠."

─용돈 떨어졌나 보구나?

"아니라니까요. 용돈은요."

주혁은 자신이 벌어서 쓸 테니까 걱정하지 말라고 이야기했다.

─너 하는 일은 어떠니? 아는 엄마들이 그러는데 연극 하면 굉장히 힘들다던데.

"괜찮아요. 이제는 자리 잡을 수 있을 것 같아요. 참, 저 집에 조만간 함 내려갈게요."

─그래라. 동생들도 너 보고 싶다더라. 너 좋아하는 만두 해놓을 테니까 언제 오는지 얘기만 해.

"예. 제가 연락드릴게요. 저 할 일이 있어서요. 다시 전화할게요."

─그래. 아이고, 나도 물 올려놓고 깜빡했네. 아들, 전화 자주 해.

주혁은 핸드폰을 내려놓고는 천장을 쳐다보았다. 그리고

미친 듯이 웃었다.

"크하하하!!"

2001년 1월 초. 자신이 원하는 시간과 장소에 정확하게 돌아왔다.

주혁은 가족이 살아 있다는 것만으로도 가슴이 벅차올라서 심장이 터질 것 같았다.

하지만 중요한 일이 있었다. 어떤 건지 아직은 모르지만, 꼭 알아야 하는 내용이 있었다.

주혁은 컴퓨터 앞으로 가서 앉았다. 그리고 전원을 켰다. 그리고 주혁은 손에 가지고 있는 물건을 컴퓨터와 연결했다.

그건 아주 낡은 붉은색 USB였다. 무슨 연유인지는 모르겠지만, 상자의 기운을 받은 물건.

주혁은 이 안에 어떤 내용이 있는지는 모른다. 다만, 여기에 있는 내용을 읽어야 한다는 사실만 기억하고 있을 뿐.

주혁은 메모장을 열었다. 그리고 그 안에 있는 글을 읽기 시작했다.

—아마도 믿지 못할 이야기일 거야. 하지만 읽다 보면 알게 될 테니 자세한 설명은 하지 않겠어. 지금 가장 중요한 건 말이지……

주혁은 정신없이 글을 읽었다. 옆에는 미래가 헥헥대면서 주혁을 바라보고 있었다.

　글을 보는 주혁의 표정은 계속해서 밝아졌다. 거기에는 꿈과 희망이 적혀 있었으니까. 그리고 행복과 기쁨도 함께.

CHAPTER **84**
아직 끝나지 않은 이야기

주혁이 사라진 세상.

공식적으로 주혁은 2012년 12월 21일에 전용기를 타고 미국으로 향하다가 비행기 사고로 사망한 것으로 알려졌다.

전 세계는 큰 충격에 휩싸였고 애도의 물결이 전 세계로 퍼졌다. 그를 아는 모든 사람이 슬픔에 잠겼고, 충격에서 헤어나오는 데 상당한 시간이 걸렸다.

한편, 다크 나이트 제작진은 미처 마무리하지 못한 장면을 두고 고민하다가 주혁의 연습 장면과 CG를 이용해서 나머지 장면을 채우기로 했다.

제작진은 혹시라도 사람들이 반발할까 우려했지만, 오히려 그렇게 해서라도 주혁의 모습을 보고 싶다는 요청이 줄을 이었다.

주혁과 두 차례 작업했던 CG 팀이 작업에 합류했고, 사람들의 우려와는 달리 살아 있는 듯한 주혁의 모습이 담긴 영상이 완성되었다. 하지만 작업에 참여한 사람들은 모두 주혁이 가지고 있는 매력을 절반도 담지 못했다면서 자책했다.

그럼에도 영상을 본 사람들은 만족스러워했다. 원래 주혁의 영상을 바탕으로 만들어져서 그의 향기를 충분히 느낄 수 있었으니까.

굉장한 인력들이 참여해서 작업은 무척 빨리 진행되었고, 주혁이 들어가는 부분 중 일부를 빼거나 축소해서 두 달 만에 작업을 완성할 수 있었다.

그렇게 탄생한 영화가 '다크 나이트 : 조커의 부활' 편이었다. '조커의 부활'은 아주 이례적으로 2013년 3월 31일 일요일에 개봉하기로 결정되었다. 일반적으로 영화는 목요일에 개봉한다. 하지만 모두가 그날 상영을 시작하는 걸 찬성했다.

그날은 주혁이 사망한 지 100일째 되는 날이었다.

개봉에 앞서 2013년 2월 24일에 아카데미상 시상식이 열렸다. 주혁이 감독과 주연을 동시에 한 '샤우트!'는 작품상과 남우주연상을 비롯한 8개 부문에 노미네이트되었는데, 8개

부문 모두 수상하는 기염을 토했다.

주혁 대신 트로피를 받은 제프리는 주혁은 자신이 본 사람 중에서 가장 멋진 사람이었으며, 가장 위대한 영화인이었다고 말해서 장내를 숙연하게 만들었다.

'다크 나이트 : 조커의 부활'은 전 세계적으로 화제가 된 가운데 개봉되었다. 그리고 평단과 관객의 극찬을 받았다. 사람들은 '다크 나이트'에 나온 두 조커 가운데 누가 더 인상적인가를 가지고 설전을 벌였다.

두 배우 모두 엄청난 연기를 보여주었기 때문에 누가 우위에 있다고 콕 집어서 말하기 어려웠지만, 주혁의 연기가 조금 더 인상적이라는 평이 우세했다. 게다가 작품성도 전작을 뛰어넘는다는 평이었다.

영화가 흥행 신기록 행진을 거듭한 건 당연한 일이었다.

그리고 주혁은 이듬해 아카데미상 남우주연상 후보에 올랐다. 사람들의 관심사는 과연 주혁이 2년 연속 남우주연상을 받을 수 있느냐에 쏠렸다.

사실 사후에 상을 받는 일은 극히 드문 일이었다. 사후에 남우주연상을 받은 사람은 주혁 이전에는 피터 핀치 한 명뿐이었다. 그는 1977년에 영화 '네트워크'로 남우주연상을 받아서 사후에 상을 받은 첫 연기자로 기록되었다.

그런데 주혁은 사후에 2년 연속 아카데미상 후보로 지명되었고, 이미 한 번은 수상했다. 그러나 이번에도 수상이 유력하다는 게 모든 사람의 이야기였다.

2년 연속 남우주연상 수상을 한 배우도 지금까지는 단 두 명밖에 없었다. 1938년 '굿바이 마이 라이프', 1939년 '보이스 타운'을 통해 남우주연상을 받은 스펜서 트레이시. 그리고 1993년에 '필라델피아', 1994년에 '포레스트 검프'로 빼어난 연기를 선보인 톰 행크스가 그 주인공이었다.

그런데 주혁은 사후에 지명을 받고 2년 연속 수상을 할 기세였으니 세간의 이목이 모두 거기에 쏠리는 것도 당연했다.

2014년 3월 2일. 아카데미는 주혁을 선택했다.

모든 언론에서 주혁이 앞으로 영원히 나올 수 없는 기록을 남긴 채, 가장 빛나는 별이 되었다고 보도했다. 앞으로 영원히 그를 볼 수 없지만, 그의 모습은 작품 속에서 영원히 숨 쉬고 있을 거라면서.

팬들의 자발적인 성금으로 한국에 있는 주혁의 집과 LA에 있는 세인트 엘모 식당에 주혁의 기념 공간이 만들어졌다.

기념 공간에서 벌어들인 수익은 유지비를 제외하고는 모두 어려운 아이들을 위한 기금으로 기부되었다.

그리고 미국에서는 주혁을 모델로 한 새로운 히어로가 탄생했다. 눈에서 섬광을 쏘아내고 우레를 울리며, 커다란 흰 개를 데리고 다니는 아이들의 수호신. 여자와 아이들에게는

천사와 같은 모습을, 악당들에게는 악마와 같은 모습을 드러
내는 히어로였다.

히어로의 이름은 나이트 원(Knight One). 하지만 사람들은
공식적인 명칭보다 주혁이란 이름으로 그 히어로를 불렀다.

가장 유명하지는 않지만, 가장 사랑받는 히어로가 바로 나
이트 원이었다. 거의 모든 학교 차량에는 커다란 흰 개를 데
리고 있는 나이트 원의 스티커가 붙어 있었고, 모자나 티셔츠
에도 그림이 들어가 있는 경우가 많았다.

주혁의 성과가 워낙 대단해서 앞으로 그와 비견될 만한 아
시아 배우는 나오기 힘들 것이라고 했다. 사실 아시아 배우
중에서 주혁을 제외하면 정상권에 접근한 배우가 없었다.

하지만 주혁의 아이들이라고 불리는 젊은 배우들의 할리
우드 침공이 시작되었다.

아토 엔터테인먼트 출신의 아이돌 그룹과 배우들은 바사드
투자회사의 지원을 받아 할리우드로 속속 진출했고, 주목할
만한 성과를 내기 시작했다. 대부분이 주혁이 발굴했거나 주
혁과 관계가 깊어서 주혁의 아이들이라는 이름으로 불렸다.

아주 훗날의 이야기이지만, 그중에서 주혁에 이어서 한국
인으로는 두 번째로 아카데미상 남우주연상을 받게 되는 사
람이 있었다.

바로 백혈병을 앓았던 마인수였다.

인수는 주혁이 감독과 주연을 맡았던 '샤우트!'에 출연한 이후로 배우가 되겠다는 결심을 굳혔다. 그는 병이 다 나은 뒤, 아토 엔터테인먼트에서 연기 수업을 착실하게 받으면서 성장했다. 그리고 결국 할리우드에서 성공할 수 있었다.

수상 소감을 묻는 말에 인수는 이제 형의 그림자가 저 멀리 보이는 것 같다고 이야기했다. 그가 이야기한 형이 누구인지 모르는 사람은 아무도 없었다.

주혁의 아이들은 실력과 열정뿐 아니라 성품도 바른 터라 대중의 사랑을 많이 받았다. 조금만 유명해지면 마약과 알코올에 찌든 모습을 보이는 일부 할리우드 배우와는 확연히 다른 모습을 보여주었다.

주혁은 그렇게 자신의 작품에서, 그리고 자신과 인연이 있는 사람들을 통해서 세상에서 숨 쉬고 있었다. 비록 육신은 없었지만, 그는 사람들의 마음속에 살아 있었다.

* * *

"오빠!"

"어, 민주야."

주혁은 미래를 데리고 산책을 하다가 자신을 부르는 동생 강민주를 보았다. 아마도 집에 잠시 들르러 온 모양이었다.

그런데 민주의 옆에는 발랄한 학생이 붙어 있었다.

그런데 주혁은 어쩐지 그 학생이 낯이 익은 것같이 느껴졌다.

"유라야, 인사해. 우리 오빠."

"안녕하세요, 이유라라고 합니다. 언니한테 오빠 얘기 많이 들었어요."

유라가 생글생글 웃으면서 꾸벅 인사를 했다.

그런데 미래가 갑자기 유라를 유심히 쳐다보다가 고개를 갸웃거렸다. 그러다가는 유라에게 다가가면서 이상한 소리를 냈다.

"끄응~ 끄응~"

주혁은 피식 웃었다. 그러면서 생각했다.

'얘가 유라구나. 미래를 발견했던.'

이 세계는 자신이 있던 세계와는 달랐다. 사람의 이름이 같은 경우도 있었지만, 조금 다른 경우도 있었다. 그리고 아예 그 사람이 없는 경우도 있었고. 하지만 큰 흐름은 같았다. 완벽하게 똑같지는 않지만, 거의 흡사한 세계.

주혁은 만족했다. 아버지와 어머니, 그리고 쌍둥이 동생은 똑같았으니까. 지금은 2003년이었고, 작년에 벌어질 사고는 없던 일이 되었다. 그날 주혁과 함께 다른 일을 했으니까.

주혁은 USB에 담긴 기록을 모두 보았다. 보고 또 보아서 머릿속에 담아두었다. 그런데 약간 이상한 점이 있었다. 그 내용이 어렴풋하지만 기억날 것 같기도 해서였다.

정확하게 그 이유를 알 수는 없었다. 다만 글을 보다가 보니 그래서 이런 게 아닐까 하고 추측을 할 뿐이었다.

주혁의 추측은 이랬다.

'나는 상자의 기운을 굉장히 잘 받아들이는 체질이라고 했어. 그리고 다른 어떤 사람보다도 많이 받아들였다고 했고.'

그래서 기억이 완전히 없어지지 않고 능력도 약간은 남아 있는 것 같은 느낌이 들었다. 하지만 그건 오로지 추측일 뿐.

주혁이 골똘히 생각하는데 민주의 목소리가 들렸다.

"얘가 중간고사 잘 보면 내가 떡볶이 사준다고 했거든. 그런데 이번에 성적 엄청나게 잘 나왔다니까?"

"그래. 공부 잘하게 생겼네. 똘똘하니 경영학과 같은 데 가면 되겠다."

"어? 얘가 연희대학교 경영학과 생각하고 있는데. 오빠 진짜 신기하다. 그걸 어떻게 알았대?"

"녀석이. 오빠는 관상 보면 대충 알아요."

민주와 유라는 어머어머 하면서 무척 신기하게 생각했다. 주혁은 자신이 가지고 있는 정보를 이용해서 제법 돈을 벌었다. 하지만 지나치게 많은 돈은 일부러 피했다. 로또 번호도 몇 개 알고 있었지만, 사지 않을 작정이었다.

갑자기 생긴 돈은 오히려 독이 되는 경우가 많다. 그래서 동생들의 학비에 도움이 될 정도는 보탰고, 용돈도 가끔 주었다. 하지만 그것으로는 조금 모자라서 민주와 민영이는 과외나 다른 일을 해서 스스로 돈을 벌고 있었다.

주혁은 이 정도가 딱 좋다고 생각했다. 이런 경험들이 쌓여서 나중에 자신의 삶을 풍요롭게 해줄 것이다. 지금 아무런 걱정 없이 풍족하게 살게 해줄 수도 있었다. 하지만 영원히 그렇게 살 수는 없는 법이다. 그런 삶을 살다가 나중에 위기가 오면 쉽게 무너지게 된다. 그러니 지금처럼 스스로 고생해 가면서 여러 일도 해보고 사회 경험도 해보는 편이 좋다고 생각했다.

그리고 앞으로도 그럴 것이다. 엄청난 부를 축적하거나 가지고 있는 정보를 활용해서 권력을 노리거나 하는 일은 없을 것이다. 그런 것을 많이 가지고 있을수록 행복한 삶과는 멀어진다는 걸 느끼고 있었기 때문이었다.

"너 기말고사 잘 보면 영화 촬영장 구경시켜 줄게. 오빠가 배우잖아. 그래서 나랑 민영이도 가서 구경한 적 있어."

주혁은 그 소리를 듣고는 피식 웃었다. 이제 대사도 없는 단역을 하는 주제에 무슨 힘이 있어서 촬영장을 구경시켜 준단 말인가. 전에는 다른 팬클럽에서 오는 날이라 주혁이 동생을 데려와도 괜찮았던 거였다.

주혁은 영화에 출연하고 있었다. 북한에 잠입해서 작전을 펼치기 위해서 외딴섬에서 지옥훈련을 받는 내용의 영화. 바로 '실미도'였다. 주혁은 훈련을 받는 대원 중 한 명이었다. 오디션을 볼 때, 주혁의 잘 다듬어진 몸과 인상적인 눈빛이 큰 가산점을 받았다. 그래서 경력이 없음에도 발탁되었다.

그리고 촬영장에서도 좋은 이야기를 많이 들었다. 주혁은 항상 빠릿빠릿하게 움직였고, 스태프 일도 나서서 도와주었다. 사람들도 하루나 이틀이야 그러려니 했겠지만, 계속해서 살갑게 구는 주혁이 싫을 리 없다.

열심히 하고 항상 적극적인 모습에 말단 스태프들은 모두 다 주혁과 친해져 있었다. 그리고 아직 대사도 없는 그런 역이지만 카메라 앞에 서는 게 그렇기 기분이 좋을 수 없었다.

카메라 앞에만 서면 저절로 몸에 기운이 샘솟는 듯했고, 빨리 자신을 보여줄 수 있는 그런 역할을 맡았으면 좋겠다는 생각으로 가득했다. 하지만 서둘지는 않을 것이다. 하나하나 밟으면서 차근차근 쌓아 올릴 것이다. 그렇게 가다 보면 USB에 적힌 대로 정상에 오를 수 있을 테니까.

'가능할 거야. 전에는 이렇게 몸을 가꾸는 건 상상도 하지 못했으니까.'

몸이 뚱뚱하지는 않았지만, 지금처럼 근육질로 다듬어진 몸은 아니었다. 하지만 운동을 시작하고 꾸준히 노력하다 보니 지금처럼 남들이 부러워하는 그런 몸이 되었다.

주혁은 헷갈렸다. 이것이 상자의 기운이 약간 남아 있어서 그런 것인지, 아니면 정말 노력해서 성취한 것인지가.

하지만 뭐가 상관있겠는가. 어차피 지금 있는 것이 바로 자신이다.

주혁은 미래를 데리고 산책을 했다.

그리고 같은 시각, 감독은 촬영한 영상을 보다가 옆에 있는 촬영 감독에게 물었다.

"이 친구 괜찮은 것 같지 않아? 옆에서 대사 없이 표정하고 행동으로만 연기하는데도 꽤 분위기를 만들어."

"아, 주혁이요?"

"이름이 주혁인가?"

"예. 촬영장에서는 유명해요. 애가 싹싹하고 열심히 하고 사람이 아주 됐더라고요."

감독은 그러냐고 하면서 영상을 계속 보았다. 특히 주혁이 나오는 장면을 유심히. 그러자 나이는 별로 되어 보이지 않았는데, 연기 내공이 상당하다는 느낌을 받았다.

"이 녀석 나중에 따로 한번 봐야겠는데? 쓸 만해."

"그렇죠? 카메라도 잘 받아요. 얘기 들어보니까 대사 치는 것도 제법이라네요."

감독은 주혁을 눈여겨보았다. 최근에 본 젊은 배우 중에서는 가장 인상적이었다.

그리고 감독이 그런 생각을 하고 있을 때, 주혁은 집에 돌아와서 대본을 보고는 연습을 하고 있었다.

성향이 완전히 다른 두 작품이었는데, 주혁은 무척이나 진지하게 연습을 했다. 마치 자신이 주연이라도 맡은 것처럼.

그리고 굉장히 인상적이고 폭발력 있는 연기를 했다. 비록 관객은 아무도 없는 텅 빈 방에서 한 것이었지만, 주혁의 이마에는 땀방울이 맺혔고, 입가에는 환한 미소가 달려 있었다.

프린트한 표지에 하나는 '미안하다, 사랑한다', 다른 하나는 '말죽거리 잔혹사'라는 제목이 붙어 있었다. 아직 이 작품의 주연을 맡을 수는 없을지 모른다. 하지만 그래도 상관없었다.

"지금부터가 진짜 시작이다."

주혁의 이야기는 이제부터가 시작이었다. 가족과 함께 행복하게 지내면서 연애도 하고 결혼도 할 것이다. 그리고 자신이 원하는 배우의 길도 제대로 걸어갈 것이다.

즐거운 인생은 지금부터 시작되는 것이다.

『즐거운 인생』완결

가프 장편 소설

관상왕의
1번룸

FUSION FANTASTIC STORY

거대한 도시의 그늘에서 벌어지는
짜릿하고 통쾌한 이야기!

『관상왕의 1번룸』

텐프로의 진상 처리 담당, 홍 부장.
절망적인 삶의 끝에서 만난 남국의 바다는
그를 새로운 인생으로 인도하는데……,

쾌락을 원하는 거부, 성공에 목마른 사업가,
그리고 실패로 절망한 사람들이여.

여기, 관상왕의 1번룸으로 오라!

Book Publishing CHUNGEORAM

현대 소환술사

THE MODERN SUMMONER

FUSION FANTASTIC STORY

현윤 퓨전 판타지 소설

하늘이 무너져도 솟아날 구멍은 있다!

드래곤의 실험으로 모진 고난을 겪어야 했던 레비로스!
우여곡절 끝에 소환술사가 되어 최강의 자리에 오르지만
운명은 그를 나락으로 떨어뜨린다.

『현대 소환술사』

다시 한 번 주어진 삶!
그러나 그마저도 암울하기 그지없는데……

소환술사 레비로스의
인생 역전이 시작된다!

FUSION FANTASTIC STORY

성운을 먹는 자

김재한 퓨전 판타지 소설

『폭염의 용제』, 『용마검전』의 김재한 작가가 펼쳐 내는
이제까지와는 전혀 다른 새로운 이야기!

『성운을 먹는 자』

하늘에서 별이 떨어진 날
성운(星運)의 기재(奇才)가 태어났다.

그와 같은 날,
아무런 재능도 갖지 못하고 태어난 형운.
별의 힘을 얻으려는 자들의 핍박 속에서 한 기인을 만나다!

"어떻게 하늘에게 선택받은 천재를 범재가 이길 수 있나요?"

"돈이다."

"…네?"

"우리는 돈으로 하늘의 재능을 능가할 것이다."

Book Publishing CHUNGEORAM